Krisenintervention

Konzepte und Realität

herausgegeben von

Manfred Beck und Barbara Meyer

dgvt VERLAG

Deutsche Gesellschaft für Verhaltenstherapie
Tübingen
1994

Dr. Manfred Beck
Universität Bielefeld
Fakultät für Psychologie und Sportwissenschaft
Abteilung Psychologie
Postfach 10 01 31
33501 Bielefeld

Barbara Meyer
Dürerstraße 21
33615 Bielefeld

Die Deutsche Bibliothek – CIP-Einheitsaufnahme

Krisenintervention: Konzepte und Realität / Deutsche Gesellschaft für Verhaltenstherapie. Hrsg. von Manfred Beck und Barbara Meyer. – Tübingen : Dgvt-Verl., 1994
(Tübinger Reihe ; Bd. 14)
ISBN 3-87159-214-5
NE: Beck, Manfred [Hrsg.]: Deutsche Gesellschaft für Verhaltenstherapie; GT

Deutsche Gesellschaft für Verhaltenstherapie (DGVT)
Postfach 13 43
72003 Tübingen

Titelbild: Kerstin Wenzlawsky-Herrmann, Schenefeld
Satz: Stefan Granzow, München
Herstellung: Steinbauer & Rau, München

ISBN 3-87159-214-5

Inhaltsverzeichnis

Vorwort

Die Beiträge des vorliegenden Bandes haben sich aus überarbeiteten Referaten einer Veranstaltung zum Thema "Krisenberatung" auf dem Kongreß für Klinische Psychologie und Psychotherapie in Berlin 1992 ergeben. Wir haben sie um einen Beitrag von Thomas Giernalczyk und eine thematisch strukturierte und sprachlich überarbeitete Fassung eines Werkstattgesprächs erweitert, das im Rahmen einer internationalen Fachtagung zur außerstationären Krisenintervention und Notfallpsychiatrie 1992 in Bielefeld stattgefunden hat. Die Beiträge dieser letztgenannten Tagung sind von Wienberg (1993) in einem Sammelband herausgegeben worden und ergänzen den vorliegenden Band insbesondere um deutsche und europäische Praxisbeispiele für die Organisation und Arbeitsweise von Krisendiensten.

Im ersten Beitrag liefert *Ingeborg Schürmann* den theoretischen und konzeptionellen Hintergrund der Krisendienstarbeit und analysiert die Formen professioneller Krisenberatung. Der Beitrag ist aus der Begleitforschung zur Krisenambulanz in Berlin-Wedding entstanden und basiert auf ihrer Dissertation (Schürmann, 1992).

Der nachfolgende Text von *Thomas Giernalczyk* befaßt sich mit Problemen der beraterisch-therapeutischen Beziehung zu Menschen in suizidalen Krisen. Anhand zweier Beispiele werden Verstrickungen der Übertragung und der Gegenübertragung erläutert.

Karla Mišek-Schneider behandelt das Problem der ambulanten Bearbeitung suizidaler Krisen im Kindes- und Jugendalter. Ihre Thesen werden an einem Fallbeispiel verdeutlicht.

Die beiden folgenden Beiträge vermitteln einen Eindruck der Arbeit zweier sehr unterschiedlicher Einrichtungen:

Margarete Frei, Koordinatorin des Bielefelder Krisendienstes, stellt ihre Einrichtung vor, die als Notdienst außerhalb der üblichen Bürozeiten an der Schnittstelle zwischen Psychiatrie, ambulantem sozialpsychiatrischen Dienst und Beratungsstellen operiert.

Jörg Richter skizziert die Arbeit der Nachfolge-Institution des ursprünglich in der DDR als Pendant zur Telefonseelsorge in Westeuropa konzipierten "Telefon des Vertrauens". Dieser Arbeitsbericht erhält zeitgeschichtliches Gewicht, weil er Entwicklungen unmittelbar nach der Vereinigung der beiden deutschen Staaten aufzeigt.

Abgerundet werden diese Beiträge durch die Zusammenfassung der bereits erwähnten Bielefelder Diskussionsveranstaltung zur Organisation und Struktur der Dienste, zur Zusammensetzung der Klientel und zur Art der Hilfestellungen, geführt von Krisendienstvertretern/innen aus Berlin, Bern, Bielefeld, Bremen, Linz, Maastricht, Mannheim und Solingen.

Wir hoffen, daß es uns mit diesem Band gelungen ist, einen Einblick in Theorie, Konzeption und Praxis von Krisenintervention zu vermitteln. Der Band soll auch Argumentationshilfen für die flächendeckende Einrichtung von Krisendiensten liefern. Zumindest für Ballungsgebiete erhoffen wir, daß in naher Zukunft der heutige Zustand überwunden wird, der so zu charakterisieren ist, daß die Errungenschaften der Psychiatriereform (Stichwort: ambulant vor stationär) de facto nur innerhalb der üblichen Bürozeiten existieren.

Wir danken allen Autorinnen und Autoren für die bereitwillige Zusammenarbeit. Denjenigen, die sehr schnell waren bei der Texterstellung und bei ihren Korrekturen, sei auch für die aufgebrachte Geduld bis zur endgültigen Publikation des Sammelbandes gedankt. Günther Wienberg und der Psychiatrie-Verlag haben unser Vorhaben durch Ihre Erlaubnis zum Abdruck der synoptischen Charakterisierung von zehn Krisendienstmodellen unterstützt, die in der Zusammenfassung des Bielefelder Werkstattgeprächs zu finden ist.

Wir möchten auch nicht versäumen, Otmar Koschar, dem Lektor des DGVT-Verlags, für seine vielfältige Unterstützung bei der Zusammenstellung dieses Bandes zu danken.

Bielefeld, im März 1994 *Manfred Beck und Barbara Meyer*

Professionelle Krisenbearbeitung
Rekonstruktion von unterschiedlichen Bearbeitungstypen

Ingeborg Schürmann

Einleitung

Gegenstand der vorliegenden Untersuchung ist die Rekonstruktion des beraterischen Vorgehens von MitarbeiterInnen einer Kriseneinrichtung, zentriert auf den ersten Kontakt. Es handelt sich dabei um die Krisenambulanz Wedding, die in diesem Westberliner Stadtteil seit 1987 existiert. Die vorliegende Untersuchung ist im Kontext einer Evaluationsstudie des "Projektes Psychosoziale Beratung" des Psychologischen Instituts der FU entstanden.

Der Darstellung der empirischen Ergebnisse sollen einige Überlegungen vorausgehen, die zum Verständnis des Forschungsvorhabens und seiner Durchführung beitragen.

Zum historischen Ideenbezug

Nur scheinbar wird dasselbe gemeint, wenn in der Literatur von Krisenintervention gesprochen wird. In Übereinstimmung mit Leuzinger-Bohleber (1985) sehe ich, daß unter Krisenintervention als theoretisches Konzept und als praktische Methode nach wie vor sehr Unterschiedliches verstanden wird. Die Uneinheitlichkeit liegt in den unterschiedlichen Wurzeln ihrer Institutionalisierungs- und Ideengeschichte begründet. So entwickelten Lindemann und Caplan (vgl. Katschnig & Konieczna, 1986) eine präventiv orientierte Krisentheorie und ein kurzzeitiges Interventionsmodell als Angebot eines Mental Health Centers. Eine weitere Wurzel von Krisenintervention und deren Institutionalisierung ist bei der Suizidprävention zu finden. Eine andere Tradition knüpft an den Gedanken der medizinischen Notfallhilfe mit nächtlicher Präsenz und sofortiger psychiatrischer Hilfe an. Rasche diagnostische Abklärung, Zentrierung auf den Gefährdungsaspekt und damit die Entscheidung, ob eine Unterbringung nötig ist, sowie therapeutische Akutmaßnahmen sind charakteristisch für dieses Vorgehen. Durch das neu entstandene Bewußtsein, daß chronisch Kranken in einer Gemeinde oder in einem Standardversorgungsgebiet Hilfe geboten werden muß, sind Konzepte zu deren Notfallversorgung entstanden, deren erklärtes Ziel die Vermeidung einer Aufnahme in ein psychiatrisches Großkrankenhaus ist. Stattdessen wird versucht, die Krise in ihren psychosozialen und biographischen Bezügen zu verstehen und zu lösen und so einer Medikalisierung vorzubeugen.

Die Krisenambulanz knüpft an mehrere dieser historischen Bezüge an. In der Vorlaufphase nahmen einige der Gründungsmitglieder an einem Projekt für eine regionale Suizidprophylaxe im Wedding teil und stellten gute Kontakte zu einem Allgemeinkrankenhaus her. Zugleich fühlten sie sich einem gemeindeorientierten präventiven Versorgungskonzept mit einem psychosozialen Krisenverständnis auf dem Hintergrund ihrer universitären Ausbildung verpflichtet. Durch den persönlich engen Kontakt zu einer weiteren Gruppe im Bezirk, die eine Kontakt- und Begegnungsstätte für chronisch psychisch Kranke aufbaute, stellte sich eine Verantwortung für die Krisenversorgung von deren Klientel her. Schließlich wird die Krisenambulanz aus Geldern des Psychiatriereferats bezahlt, verbunden mit der Vorstellung, daß sie als komplementäre Einrichtung zum sozialpsychiatrischen Dienst zu wirken hat. Wir haben es also mit einer Kriseneinrichtung zu tun, die in der Tradition verschiedener Zielvorstellungen steht und sich daher für eine vielfältige Klientel zuständig fühlt. Dies läßt die berechtigte Vermutung zu, daß sehr unterschiedliche Vorgehensweisen im täglichen Tun realisiert werden, was auch durch die vorliegende Untersuchung bestätigt wird.

Institutionelle Merkmale

Die Beschreibung der institutionellen Merkmale der Krisenambulanz soll kurz gehalten werden.

- regionaler Bezug
Die Begrenzung auf einen Bezirk ermöglicht eine Begrenzung der Inanspruchnahme und eine engere Kooperation mit anderen Institutionen in der Region.

- ambulante Einrichtung
Die Krisenambulanz hat keine stationäre Anbindung, sie ist auf gute Kooperationskontakte zu stationären Einrichtungen angewiesen.

- Modelleinrichtung
Die Krisenambulanz hat Vereinsstatus und ist Mitglied beim Paritätischen Wohlfahrtsverband. Zum Zeitpunkt der Untersuchung wurde sie überwiegend aus Mitteln des BMFJJG bzw. dem Modellverbund "Ambulante psychiatrische und psychotherapeutische/psychosomatische Versorgung" bezahlt. Mit der Finanzierung waren bestimmte Auflagen (z.B. Forschung) verbunden.

- Teamprinzip
Wie in vielen Alternativprojekten gibt es keine offizielle LeiterIn, sondern es wird ein Konsensmodell praktiziert.

- Dominanz psychosozialer Professionen
Es wurden zwei PsychologInnen- und zwei SozialarbeiterInnenstellen (jeweils 30 Stunden) bewilligt. In den verschiedenen Verhandlungsrunden war dies immer wieder Gegenstand der Auseinandersetzung.

- Fachärztlicher Hintergrunddienst
Die psychiatrische Kompetenz soll durch den fachärztlichen Hintergrunddienst gewährleistet werden und eine Vernetzung mit den psychiatrischen Versorgungseinrichtungen soll durch eine Besetzung mit regionalen MitarbeiterInnen ermöglicht werden.

- Nächtliche Öffnungszeiten bis 24 Uhr
Die tägliche Öffnungzeit besteht von 15 bis 24 Uhr, auch während des Wochenendes und an Feiertagen.

- Mobilität
Die Krisenambulanz versteht sich als eine aufsuchende Einrichtung.

- Telefonischer Zugang
Relativ viele Erstkontakte finden am Telefon statt. Das Telefon hat den Vorteil von Anonymität, leichter Erreichbarkeit und Psychiatrieferne, begrenzt aber die Eingriffsmöglichkeiten der MitarbeiterInnen.

- Keine Hoheitsfunktion/keine Aktenführung
Trotz der Konzeption der Einbindung der Krisenambulanz an den bezirklichen sozialpsychiatrischen Dienst wurde sie nicht mit Hoheitsrechten beliehen. Bei Unterbringungen wird der ärztliche Hintergrunddienst eingeschaltet.

- zeitbegrenztes Angebot (i.R. bis 5 Termine)
Das zeitbegrenzte Angebot wird i.R. auch eingehalten. Allerdings sind die Gespräche von sehr unterschiedlicher Dauer. Diese Begrenzung macht Weiterverweisungen notwendig, die gute Kenntnisse des Versorgungsangebotes voraussetzen, sowie ein hohes Maß an interinstitutionellen Kontakten.

- engmaschiges Angebot
Je gefährdeter eine KlientIn erscheint, desto dichter werden die Kontakte gestaltet.

- Einzelfallarbeit
Der Einbezug von Angehörigen, FreundInnen, ArbeitskollegInnen erfolgt zwar, wird aber nicht von Beginn an intendiert.

- Personelle Kontinuität innerhalb der Beratung
Es wird versucht, die Fortführung der einmal begonnenen Beratung durch dieselbe MitarbeiterIn zu gewährleisten, indem im Dienstplan Zeit für Folgegespräche eingeplant wird.

- Vernetzung als Aufgabe während der Modellprojektzeit
Krisenintervention ist nicht denkbar ohne enge und koordinierte Kontakte zu anderen Institutionen in der Region, weil sie kein komplettes Programm an Hilfeleistung anbietet. Häufig ist sie Schaltstelle in einem sehr viel länger dauernden Hilfeleistungsprozeß (Donker, 1983). Die Krisenambulanz kooperiert mit sehr vielen Institutionen im Bezirk. Ein Gegenstand der Begleitforschung war ihre Vernetzung.

Insgesamt kann die Krisenambulanz als eine niedrigschwellige, hoch vernetzte Einrichtung mit einer vielfältigen Klientel beschrieben werden.

Methodologische und methodische Grundüberlegungen

Die vorliegende Untersuchung ist als Praxisforschung zu kennzeichnen. Daher muß das Theorie-Praxis-Verständnis geklärt sein. Im Rückgriff auf Beck und Bonß (1989), die drei unterschiedliche Verständnisse herausgearbeitet haben, fühle ich mich dem Modell "Verwendung als Verwandlung" verpflichtet. In diesem Modell wird Praxis als ein Prozeß der handlungspraktischen Neugestaltung wissenschaftlicher Deutungsmuster verstanden. Verwendung wird nicht als deduktive Anwendung wahrer Ergebnisse begriffen, sondern als ein Prozeß des induktiven Umgangs mit handlungsentlastend produzierten Deutungsangeboten. Thommen, Ammann und von Cranach (1988) sprechen von einem Wechselspiel zwischen Wissen, aktuellem Handeln und Erfahrung. Von diesem Verständnis geleitet, stellen sich für die Praxisforschung folgende Aufgaben, nämlich diese Neugestaltung abzubilden, Metaregeln der Auswahl zu erschließen, Praxiszwänge aufzuzeigen und damit zu einer Entwicklung von Theorien und Methoden beizutragen.

Primäre Grundlage der vorliegenden Untersuchung ist das Übergabebuch des Krisendienstes. In diesem Buch sind in Form von kurzen schriftlichen Protokollen die Inhalte von jedem Beratungsgespräch festgehalten. Jeder Einzelbericht hat einen Umfang von einer halben bis zwei Seiten Text. Die Funktion besteht in der Information der KollegInnen, falls eine von ihnen in Abwesenheit der ErstberaterIn die KlientIn übernehmen muß. Die Protokolle können als etwas Gestaltetes gesehen werden mit einer bestimmmten Zeitfolge, mit Raffungen, aber auch mit Verdichtungen. Sie können in drei Richtungen gelesen werden, wie Bühler (1978) schon deutlich machte:

- Der Text sagt etwas über den Realitätsbereich aus.
- Der Text sagt etwas über den Textproduzenten aus.
 Der Text soll etwas bei dem Leser bewirken.

Die drei möglichen Lesarten mußten bei ihrer Interpretation ständig auseinandergehalten werden, um analytische Verwirrungen zu vermeiden. Die Protokolle wurden detailliert kategorisiert und einer Typisierung zugeführt.

Als weitere Daten wurden die mit den KrisenberaterInnen geführten Interviews herangezogen, sowie Daten aus dem gesamten Forschungszusammenhang wie z.B. die Basisdokumentation, d.h. die Dokumentation einer Vielzahl von KlientInnen- und Institutionsdaten.

Bei der Rekonstruktion der Bearbeitungstypen wurde ein historischer Handlungsbegriff zugrunde gelegt, der sich auf Schwemmer (1987) bezieht. Bei diesem Verständnis erwirbt das Handeln erst in der konkreten Realisierung seine individuelle und historische Struktur. Somit läßt sich das Handeln als Geschichte und nicht als Ausführung eines Planes verstehen.

Das methodische Vorgehen ist an der Grounded Theory orientiert, die von Glaser und Strauss (1967) entwickelt wurde. Strauss (1991, S. 11) faßt ihre zentralen Merkmale zusammen: "Der Fall als eigenständige Untersuchungseinheit; soziologische Interpretation als Kunstlehre; Kontinuität von alltagsweltlichem und wissenschaftlichem Denken; Offenheit sozialwissenschaftlicher Begriffsbildung."

Als Fall gelten auch Diskursgemeinschaften, wie sie die Krisenambulanz darstellt. Die theoretischen Überlegungen entwickeln sich aus dem Fall und gehen immer wieder zu ihm zurück. Wirklichkeit wird - wie Hilfenbrand ausführt - theoriebildend gestaltet, und dieser Prozeß schließt das Rekonstruieren von Fällen sowie das Kontrastieren dieser Fälle ein, wie es hier in der Untersuchung auch geschehen ist. Sozialwissenschaftliche Interpretation als Kunstlehre schließt handwerkliches Tun ein, wie z.B. das Kategorisieren des Textes. Gemeint ist im Kern aber, daß die Wirklichkeit nicht abgebildet, sondern gestaltet wird (hier als Rekonstruktion). Für das wissenschaftliche Verständnis ist alltagsweltliches Wissen von Nutzen, da wissenschaftliches und alltagsweltliches Wissen sich nicht strukturell voneinander unterscheiden. Wissenschaftliches Wissen hat einen höheren Grad an Explizitheit, wie Alfred Schütz (in Strauss, 1991, S. 13) darlegt. Die vorliegende Untersuchung knüpft an das alltagsweltliche und berufliche Wissen der BeraterInnen an und nutzt es zur Theoriebildung. Offenheit in der sozialwissenschaftlichen Begriffsbildung meint ihre Prozeßhaftigkeit. Die rekonstruierten Typen in der vorliegenden Untersuchung stellen ein Deutungsangebot für das praktische Handeln im Kontext von Krisenintervention dar. Ihre Nützlichkeit kann auch daran gemessen werden, ob diese zu weiterer Theoriebildung anregen.

Im folgenden werden die Bearbeitungstypen dargestellt. Es sollen die mit ihnen verbundenen Besonderheiten und Probleme diskutiert werden.

Die Bearbeitungstypen

Die Bearbeitung eines Anliegens

Natürlich kommt jede KlientIn mit einem Anliegen in eine Einrichtung, z.B. mit dem Wunsch, sie von ihrem Leid oder ihrer Krise zu befreien. Damit sind Globalziele angesprochen, die mit jeder helfenden Interaktion verbunden sind. Es gibt aber KlientInnen, die sehr festgefügte und konkrete Vorstellungen von dem haben, was die BeraterIn für sie tun soll. In diesem Rahmen ist es sicher zutreffender von NutzerInnen zu sprechen. Einige Beispiele für die vorgebrachten Anliegen sollen im folgenden genannt werden:

- Eine Frau möchte mit jemandem reden, aber keine Probleme besprechen.
- Ein Mann ist von seiner Frau verlassen worden. Er versteht es nicht und wünscht Aufklärung.
- Eine alte Dame, die sich von allen Menschen im Stich gelassen fühlt, möchte zu einem dringenden Arztbesuch begleitet werden.
- Eine Frau möchte in eine psychotherapeutische Behandlung überwiesen werden.

Zwei Probleme werden anhand der Beispiele deutlich:

- Wen sehen die Krisenberater aufgrund ihres institutionellen Selbstverständnisses als legitimiert an, Hilfe zu erhalten? Damit stellt sich ein Selektionsproblem.
- Die oben geschilderten Anliegen können als Lösungsvorstellung für ein bestimmtes Problem angesehen werden. Die KrisenberaterIn kann die Lösungsvorstellung unhinterfragt akzeptieren und versuchen, einen Rat, Information oder entsprechende Hilfe zu geben, oder sie kann versuchen, das zugrundeliegende Problem zu eruieren und zu überprüfen, ob das Anliegen für das eruierte Problem adäquat ist. Die KrisenberaterInnen nehmen hier, wie noch zu zeigen sein wird, eine differenzierte Position ein, die Ratgeben und Deutungsarbeit umfaßt.

Zunächst jedoch zum Selektionsproblem: Die Krisenambulanz versteht sich als eine offene Institution, als eine niedrigschwellige Einrichtung mit präventiver Orientierung. Der Krisenbegriff stellt kein Eingangsselektionskriterium dar. Jedoch scheint diese Offenheit inzwischen für sie, nach dreijähriger Tätigkeit, zu einem bedrängenden Problem geworden zu sein. Sie fühlen sich durch eine Vielzahl von KlientInnen überfordert, vor allem durch diejenigen, mit denen keiner zurechtkommt. Daher bleibt es ihnen nicht erspart, eine Selektion vorzunehmen. Diese erfolgt im Erstkontakt. Sie selektieren danach, wer bei ihnen weiterführende Hilfe erwarten kann und wer nach einem kürzerem Gespräch wieder abgewiesen oder an eine andere Stelle weiter- oder zurückverwiesen wird. Diese Selektion, wie im Interview mit den KrisenmitarbeiterInnen deutlich wird, betrifft vor allem drei verschiedene KlientInnengruppen:

- bestimmte Alkoholkranke, die ausreichend informiert sind, wo sie einen Entzug machen können, denen es aber an Motivation mangelt oder die Angst vor einem Entzug haben.
- Menschen, die immer weiter geschickt werden, die dann bei der Krisenintervention landen, weil sich keiner mit ihnen befassen will.
- Menschen, die bestens über das Versorgungsangebot informiert sind, die vor allem Kontakt, nicht aber Lösung für ihre Probleme suchen. Besonderes Engagement kann hingegen jemand erwarten, der

wach geworden ist und fängt zum ersten Mal über 'n bestimmten Aspekt so in seinem Leben an nachzudenken, dann geh ich schon nen bißchen mehr drauf ein und versuche am Ball zu bleiben.

Das Problem "Ratgeben oder Deutungsarbeit" soll zunächst durch zwei Fallbeispiele beleuchtet werden: Im ersten Fall handelt es sich um einen Mann, der um seine psychisch auffällige Freundin und deren Tochter äußerst besorgt ist und anruft. Die Freundin ist aber derzeit nicht in Berlin. Er weiß nicht, wie er sich verhalten soll. Der Berater kann die Besorgtheit gut verstehen, da er aufgrund der Angaben über die Frau vermutet, daß diese psychotisch ist. Der Mann wird entsprechend instruiert und ihm wird noch ein Informationsblatt zugeschickt.

Die Anliegensbearbeitung erscheint deshalb reibungslos abgewickelt zu werden, da in allen Bearbeitungsschritten Übereinstimmung herzustellen ist. Es wird die Legitimation der Inanspruchnahme - die tiefe Sorge - nicht angezweifelt, obwohl der Anrufer aus einem anderen Bezirk kommt. Die Deutung des zugrundeliegenden Problems der Frau wird vom Berater eingeführt und vom Anrufer akzeptiert. Auch die Adäquatheit des Anliegens, nämlich einen Rat haben zu wollen, wird nicht vom Berater problematisiert, sondern das Anliegen erfährt die ungeteilte professionelle Zustimmung und wird erteilt, da der Rat sogar in formalisierter Form verfügbar ist.

Hingegen läuft die Bearbeitung im zweiten Fall nicht so glatt ab:

Eine verheiratete Frau klagt über eine zu ihrem Geburtstag immer wiederkehrende Depression. Sie wünscht eine Überweisung zu einer Psychotherapie. Die Beraterin deutet aber das zugrundeliegende Problem als Paarkonflikt und bietet ihr eine Paarberatung an. Wie aus den nachfolgenden Protokollen zu entnehmen ist, kommt es zum Abbruch der Paarberatung und dem Wunsch der Frau nach einer Individualtherapie wird letztendlich entsprochen.

Von der Beraterin wird eine neue Deutung eingeführt, die zu dem Anliegen nicht zu passen scheint. Aber die Nutzerin beharrt letztlich auf ihrem Anliegen und läßt sich in diesem institutionellen Kontext nicht zu einer Klientin machen.

Im Laufe ihrer Praxiserfahrungen haben die BeraterInnen gelernt, zwischen solchen KlientInnen zu unterscheiden, wo es sinnvoll ist, einen Rat, Information oder konkrete Hilfe zu geben, und jenen, wo es sinnvoll ist, diesen zu verweigern und in eine Deutungsarbeit einzusteigen. Die Bedingungen für die Entscheidung zu einer Anliegensbearbeitung werden von den KrisenberaterInnen wie folgt gesehen:

- Anfragen am Telefon werden eher als Anliegen verstanden.
- Wenn die BeraterIn über das Geforderte (z.B. Information) verfügt, so neigt sie eher zu einer Anliegensbearbeitung.
- Die KlientIn etwas Grundverkehrtes macht und sich dadurch gefährdet.
- Die KlientIn als jemand gesehen wird, die nicht mehr selbst entscheiden kann.

Gegen eine Anliegensbearbeitung wird eher entschieden, wenn

- die KlientIn in die Krisenambulanz kommt,
- jemand nach einer Adresse nachfragt, sich aber gut auskennt, das Anliegen als ein "vorgeschobenes" identifiziert wird.
- bei der BeraterIn das Gefühl entsteht, es müsse mehr sein.

In der Literatur wird "das Ratgeben" eher negativ bewertet und nur wenige AutorInnen machen deutlich, daß eine, wie von den KrisenmitarbeiterInnen getroffene Differenzierung, in bestimmten institutionellen Kontexten durchaus sinnvoll sein kann.

Bearbeitung einer ablehnenden Haltung gegenüber professioneller Hilfe

Die Krisenambulanz hat es mit einer Reihe von Fällen zu tun, wo Angehörige, Nachbarn, ArbeitskollegInnen oder die Polizei jemanden für hilfbedürftig ansehen, ihn zur Krisenambulanz bringen bzw. um einen Hausbesuch bitten, die AdressatIn dieser Bemühungen aber gegen diese Rollenzuweisung Einspruch erhebt, sie negiert, anzweifelt, deswegen wütend wird usw.

Dann gibt es Menschen, die die Krisenambulanz aufgrund von sozialem Druck aufsuchen. Dieser Zugang ist nicht zwangsläufig mit einer Abwehr professioneller Hilfe verbunden, er erfordert aber die Bearbeitung ambivalenter Gefühle, die mit der Inanspruchnahme verbunden sind.

Aber auch NutzerInnen, die aus eigenem Antrieb gekommen sind, haben Zweifel, ob ihnen durch Gespräche geholfen werden kann.

Die KrisenberaterInnen müssen nun in jedem dieser Fälle entscheiden, wie weit sie auf einen Menschen zugehen, der gar keine Hilfe sucht, wie weit sie trotz gezeigter Widerstände dranbleiben und sogar auf Zwangsmaßnahmen zurückgreifen und wo sie sich auch in der Motivierungsarbeit abgrenzen.

Das Wichtigste ist aber zunächst, einen tragfähigen Kontakt herzustellen, um ein Gespräch zu ermöglichen. Im Interview sind einige dieser unterschiedlichen Vorgehensweisen in schwierigen Situationen genannt worden:

- *Das Blickfeld auf andere lenken: Warum die KlientIn glaubt, daß andere ihn geholt haben, weswegen die sich Sorgen machen.*
- *Sich zuwenden, bißchen zurückhaltend, sich geben auch 'n Stück, und zu warten, ob sie das will jetzt.*
- *Noch jemand zu Hilfe nehmen, also 'nen Dritten oder jemand, der schon vertraut ist.*
- *Wenn jemand so gebracht wird ... irgendwie ablenken, erstmal so konkret praktisch irgendwie 'nen Kaffee kochen oder sowas anbieten.*

Natürlich ist die Kontaktherstellung einfacher, wenn bereits vor der Krise Betroffene und HelferIn sich kennen. Dies trifft z.B. bei einer im selben Haus untergebrachten Kontakt-und Begegnungsstätte zu, einem Treffpunkt für Psychiatriebetroffene. Die KrisenberaterInnen werden häufig gebeten, Hilfe für deren BesucherInnen zu geben, die diese auch gut kennen, so daß auch sofortige Unterbringungen zu vermeiden sind.

Nun zu einem Fall, wo die Motivierungsaufgabe der KrisenberaterInnen recht deutlich wird. Die Krisenberaterinnen werden von der Polizei in eine Wohnung gerufen wegen der Suiziddrohung der Ehefrau unter Alkoholeinfluß. Hintergrund ist die seit Jahren bestehende Alkoholproblematik der Ehefrau. Ihr Ehemann ist nicht mehr bereit, die Alkoholabhängigkeit zu tolerieren. Er macht sich Sorgen um seine Tochter. Die Frau hat bisher vergeblich versucht, allein damit fertig zu werden. Auch diesmal möchte sie es alleine versuchen. Die Krisenberaterinnen sehen u.a. die Angst der Ehefrau vor einem Klinikentzug. Sie versuchen in dem gemeinsamen Familiengespräch, die Frau für einen Entzug zu gewinnen. Offen bleibt, ob es ihnen tatsächlich gelungen ist. Sie selbst stellen sich die Frage, ob nicht eine Familientherapie erst den Weg zu einer Suchtbehandlung geebnet hätte.

Die Motivierung der KlientIn für die Inanspruchnahme professioneller Hilfe erfordert häufig ein hohes Engagement der KrisenberaterIn. Ein Krisenberater empfindet dies als Herausforderung:

son Kontakt zu denen zu kriegen und dann auch so abschätzen zu können, wie's weitergeht und da auch überzeugen.

Diese Arbeit wird aber nicht von allen als Herausforderung empfunden, sondern auch als sehr frustrierend, insbesondere bei Menschen nach einem Suizidversuch, die keine Hilfe wollen. Dies erfordert eine enorme Konzentration und Präsenz und die dabei aufgewendete Engergie steht dabei in einem eklatanten Mißverhältnis zum Erfolg. Hier wird das anfängliche hohe Engagement durch eine Bilanzierung von Aufwand und Erfolg beschnitten.

Das Scheitern der Motivierungsarbeit wird als Belastung erlebt und es wird auch versucht, durch den Arm einer anderen Institution doch noch "dranzubleiben". So schildert eine Krisenberaterin das Nichtzustandekommen eines Beratungsgespräches mit einer jungen Frau, die von der Polizei gebracht wurde. Die Krisenberaterin ist sichtlich unzufrieden mit dem Verlauf und versucht, über einen Hausbesuch und über das Einschalten des sozialpsychiatrischen Diensts "dranzubleiben". Das "Dranbleiben" hängt natürlich auch davon ab, welche Institution den Kontakt veranlaßt hat. Interinstitutionelle Verpflichtungen spielen ohne Zweifel eine wichtige Rolle.

Bearbeitung einer Gefährdung

In den Ausgangsbeschreibungen einer Reihe von Protokollen dominiert die Beschreibung des emotionalen Zustandes der KlientInnen. Diese werden als "fertig, erschöpft, verzweifelt, aufgelöst, apathisch, agiert, nervös, aufgeregt, kaum zugänglich usw." beschrieben. Sie äußern auch suizidale Gedanken und Absichten, wissen nicht, wie sie zurecht kommen sollen, fürchten, daß ein Unglück geschieht, haben seit Tagen nichts gegessen. Die KlientInnen scheinen sich also in einem emotionalen Ausnahmezustand zu befinden, in einer Krise.

In den Protokollen fehlt die Bezeichnung Krise, sei es, daß es selbstverständlich ist, daß es sich um eine Krise handelt oder sei es, daß es für die Begründung der Bearbeitung gar nicht wichtig ist, daß eine bestimmte Krise vorliegt, die in einer bestimmten Weise zu verstehen und zu behandeln ist, wie es die Krisenliteratur vorschlägt, sondern daß hier der Aspekt des emotionalen Ausnahmezustandes die Bearbeitung begründet. Mittelpunkt der Gefährdungsbearbeitung ist die emotionale Befindlichkeit der KlientIn und ihre aktuelle Situation. Die Entlastung sowie Reduktion von Selbst- und Fremdgefährdung sind wesentliche Interventionsziele. Die Mittel der Gefährdungsbegrenzung und -reduktion sind das entlastende Gespräch und praktische Hilfe, die Einbeziehung von Angehörigen und Freunden, die dann Verantwortung übertragen bekommen, eine engmaschige Betreuung in der Krisenambulanz, der Einbezug anderer professioneller HelferInnen und Einrichtungen, eine Überweisung in eine stationäre Kriseneinrichtung und schließlich auch die sofortige Unterbringung in einer psychiatrischen Klinik oder psychiatrischen Abteilung eines Krankenhauses.

Bisweilen haben die KlientInnen eigene Vorstellungen, wie die Krise zu lösen oder die Gefährdung zu begrenzen ist. Anders als bei den KlientInnen, die mit festen Vorstellungen eines konkreten Anliegens kommen, schildern die BeraterInnen in ihren Protokollen, daß die Lösungsvorstellungen der KlientInnen häufig vage sind, oder sie beziehen sich auf das, was diese nicht wollen und dies ist meistens eine Unterbringung in einer psychiatrischen Klinik. Für den Schritt der Unterbringung in der Psychiatrie bedarf es einer ausdrücklichen Legitimation, die in den Protokollen auch nachzulesen ist.

Eine schwierige diagnostische Leistung ist es, das Ausmaß der suizidalen Gefährdung einzuschätzen. Aus den Protokollen ist zu entnehmen, daß die KrisenberaterInnen sich ein Bild von dem Ausmaß der Gefährdung der KlientInnen machen, das auf einer Kenntnis des Verlaufs der Krise, ihrer Hintergründe, vorangehender Ereignisse, derzeitigen Situation und die damit verbundenen Belastungen sowie der inneren und äußeren Ressourcen beruht. Im Interview hingegen werden andere Kriterien genannt, die mehr auf das Gefühl der BeraterIn zur KlientIn abhebt und auf die bei ihr selbst ab- oder zunehmenden Ängste.

Lange Gespräche, also immer, wenn ich unsicher bin und das nicht irgendwie einschätzen kann und warte im Gespräch darauf, ob da ne Zukunftsperspektive irgendwo kommt. ... Und wenn ich das so feststelle, dann denk ich, das läuft.

Im Interview wird vor allem das Strukturelement hervorgehoben, sowohl als diagnostisches Kriterium als auch als interventives Mittel.

Es muß strukturiert sein, was in der Zwischenzeit passiert, es muß klar sein, warum er kommt, was dann passiert, also daß man auch merkt, der hat also ein Ziel. Er kann davon reden, daß er morgen kommt... Wenn er da ein Verhältnis, 'n Zugang zu hat, dann kriegt man sone Klarheit einfach hin.

Erklärt wird die Wirkung dieser Intervention durch zwei Komponenten: das Entstehen einer Perspektive und das Angebot einer verläßlichen Bindung:

Und da ist auch endlich wieder ne positive Struktur da für denjenigen, wo vorher in der Regel alles negativ gefärbt, zusammengebrochen ist. Und da ist jetzt jemand da, der macht einen guten Eindruck. Und der bietet dem bis zum nächsten Tag nen Pakt an. Und da kann er sich dran festbeißen.

Das Interview stützt die Hypothese, daß mit der Gefährdungsbearbeitung Angst verbunden ist. Die BeraterInnen heben zwar hervor, daß sich diese mit steigender Berufserfahrung verringert habe, daß sie aber weiterhin bestehe.

Die Angst bleibt, immer, nen bißchen. Aber selbst die Erfahrung schützt dich nicht davor.... Also, da darf man sich nicht überschätzen.

Gefährdung kann in diesem Kontext auch als die Tragbarkeit oder Nichttragbarkeit eines Menschen im ambulanten Setting definiert werden. Sie kann auch angesehen werden als eine Definition der Risikobereitschaft einer BeraterIn. Der Ambulanzstatus wird, wie aus dem Interview hervorgeht, als schwierige Bedingung erlebt:

Aber da kommt immer das Problem, daß das hier ne Ambulanz iss, ne. Daß es darum noch schwieriger iss, Gefährdung abzuschätzen und einzuschränken. Weil du auch nicht den Rahmen hast, nachher zu gucken, was passiert nach 'ner bestimmten Zeit.

Die Risikobereitschaft steht m.E. in Abhängigkeit von Persönlichkeit, kollegialer Stützung und beruflicher Erfahrung, den Wünschen der KlientIn und ihrer sozialen Einbindung.

In der Literatur wird die Gefährdung als ein indviduelles und nicht als ein interaktives oder institutionelles Problem definiert. Es wird z.B. auf das Risikomodell bei der Einschätzung der Suizidalität verwiesen (z.B. bei Reimer, 1986).

Am folgenden Beispiel soll deutlich werden, welche weitere Bedingung auch wesentlich zum Gelingen einer Gefährdungsbeurteilung beiträgt. Zu einer Frau, die angesichts des plötzlichen Todes ihrer Mutter zusammenbricht und in eine Krise gerät, findet der Krisenberater über den Umweg eines weniger belastenden Themas Zugang. Das ermöglicht der Klientin dann "durch die zunehmende Gesprächsdauer, daß sie immer mehr über die Mutter erzählen und plötzlich dem Tod (der Mutter) ins Auge sehen konnte". Obwohl die Klientin nach Hause gehen will, nachdem sie sich "gefangen" hat, überredet sie der Krisenberater, wenigstens für eine Nacht eine stationäre Kriseneinrichtung in Anspruch zu nehmen.

Hierbei wird deutlich, welche Faktoren der Krisenberater als Bedingung der Entlastungsarbeit ansicht: das Gelingen einer Kontaktherstellung zum Klienten und das "Raum geben". Hierfür sind auch die institutionellen Voraussetzungen als konzeptueller Baustein gegeben: die Kontakte werden zeitlich begrenzt. So kommen auch Gespräche vor, die bis zu vier Stunden dauern. Wie aus einem der Interviews, die im Rahmen der Begleitforschung durchgeführt wurden, hervorgeht, wird auch in anderen Institutionen Zeit als wichtige Bedingung für das Gelingen eines Krisengesprächs verstanden, weil dadurch der KlientIn Raum gegeben werden kann und die BeraterIn sich nicht zu schnellen Entscheidungen gedrängt sieht.

Verstehen der Gründe einer suizidalen Handlung

Im Unterschied zur Ausgangssituation bei den anderen Bearbeitungstypen ist die KrisenberaterIn bereits vor Beginn des Gesprächs über den Beratungsanlaß informiert. Sie wird i.R. von einer ÄrztIn eines Allgemeinkrankenhauses an das Bett einer PatientIn nach einem Suizidversuch mit dem Auftrag gerufen, einen Vorschlag für die weitere Versorgung der betreffenden PatientIn zu machen. Dabei stehen ihr drei mögliche Empfehlungen offen: Die Unterbringung in einer psychiatrischen Klinik oder in einer stationären Kriseneinrichtung o.ä., die Entlassung nach Hause mit oder ohne einem Angebot einer ambulanten Nachbetreuung und der weitere Verbleib im Krankenhaus zur vertieften Abklärung, was aber eigentlich nur aus medizinischen Gründen möglich ist. Um diese Empfehlung aussprechen zu können, muß die KrisenberaterIn die KlientIn in Hinblick auf das Wiederholungsrisiko, auf behandlungsrelevante Störungen und ihre Motivation zur Inanspruchnahme von Hilfe beurteilen.

Am Anfang des Gesprächs steht aber bei den KrisenberaterInnen das Bemühen, den Hintergrund der suizidalen Handlung zu verstehen, um den gestellten Anforderungen gerecht werden zu können.

Als wesentliches Element des Hintergrundes wird ein aktuelles psychosoziales Ereignis gesehen, dessen suizidale Verarbeitung der LeserIn durch Angabe von Personenmerkmalen, Biographie oder Lebenssituation verständlich gemacht wird. Als aktuelle Ereignisse werden häufig Trennungen, Kontaktabbrüche, Verluste und Situationen des Scheiterns genannt.

Die von der KrisenberaterIn erlebte größere oder geringere Zugänglichkeit der KlientIn und die gelungene oder wenig gelungene Nachvollziehbarkeit der Begründung der KlientIn sind Orientierungspunkte für die KrisenberaterIn bei ihrem weiteren Vorgehen.

Der institutionelle Kontext des Krankenhauses führt dazu, daß die KrisenberaterIn als SpezialistIn für stationäre Einweisung auch wahrgenommen wird. Ein Beispiel: Die Ärzte sprechen von einem Suizidversuch, die betreffende Frau spricht von einem Zusammenbruch. Sie könne sich auch an gar nichts erinnern. Im weiteren Gespräch kommen aber Bruchstücke der belastenden Situation zum Vorschein. Der Krisenberater erklärt den Kollegen die ausweichende Haltung der Klientin aus der Annahme der Frau, der Krisenberater sei "ein Spezialist für stationäre Einweisungen".

Die Leute reden mit uns, weil se halt denken, daß wir irgendwo die Eintrittskarte sind für die Freiheit. Daß wir dafür da sind, ob sie raus dürfen oder nicht. Also, daß insofern da auch keine freie Beratungssituation stattfindet. Sondern die - eigentlich so ihre Antworten auch 'n bißchen die Richtung geben wollen, 'ne. Und oft sind das Leute, die wollen einfach nach Hause. Die wollen von nix was hören...

Die von den KrisenberaterInnen wahrgenommene Distanzierung der KlientInnen von ihrem Suizidversuch wird von ihnen unterschiedlich gedeutet: als Abwehr, als Ausdruck von Scham und als Versuch, die BeraterIn zu beruhigen, um eine Unterbringung in einer Klinik zu vermeiden. Diese Bagatellisierung setzt bei ihnen unterschiedliche Gefühle frei - auch ärgerliche - und erfordert unterschiedliche Umgangsweisen, um einen Zugang zur KlientIn zu finden. Übereinstimmend mit anderen psychosozialen ExpertInnen werten sie eine abwiegelnde Haltung von KlientInnen nicht als Ausdruck überwundener Suizidalität.

Die Beratung von Menschen nach einem Suizidversuch wird i.R. von einer präventiven Haltung getragen: der Verhinderung weiterer Suizidversuche und der Vermeidung einer Chronifizierung psychischer Störungen. Auch die KrisenberaterInnen heben die Wichtigkeit einer präventiven Haltung dieser KlientInnengruppe gegenüber hervor und versuchen Folgetermine zu machen.

Die KrisenberaterInnen beklagen die geringe Inanspruchnahme der anschließenden Beratung, gerade auch weil sie in den Erstkontakt sehr viel Kraft investieren.

Also, ich find', das ist, was sehr total viel Kraft und Energie braucht.... Ja, man muß ne ganze Menge Kraft aufwenden, um diese Anfangssituation zu gestalten. Um Kontakt herzustellen auch ... und hast oft das Ergebnis, daß die Leute nach dem Gespräch gehen und sich nicht wieder melden. Das ist ein eklatantes Mißverhältnis.

Nicht immer ist aber diese Arbeit frustrierend, da sie - wie am nächsten Beispiel zu zeigen ist - auch erfolgreich verlaufen kann. Die Krisenberaterin beschreibt, wie es ihr gelingt, daß sich eine türkische junge Ehefrau öffnet und ihre Enttäuschung über ihre Ehe auspricht, die mit vielen Erwartungen nach einer siebenjährigen Verlobungs-

und Wartezeit begonnen wurde. Das Sprechen über Hintergründe ist mit Emotionen verbunden und die Ermutigung, sich mit ihnen zu konfrontieren, dürfte nicht nur mit kurzfristiger Entlastung verbunden sein, sondern auch mit therapeutischen Effekten. Im Rahmen der Begleitforschung mußte für jede KlientIn eine diagnostische Einordnung nach den ICD-Gruppen im Sinne einer Krankheitszuordnung vorgenommen werden. Tatsächlich fehlen aber 39 % der Diagnosen. Aus den Gesprächen mit den KrisenberaterInnen wurde deutlich, daß sie diese Art der Diagnosestellung als weitgehend irrelevant für ihre Arbeit ansehen. Hülsmeier und Ciompi (1984) stellen ebenfalls fest, daß für die Technik der Krisenintervention diagnostische Einteilungen ohne großen Einfluß sind. Auch in der Krisenliteratur spielt die Reflektion diagnostischer Prozesse kaum eine Rolle. Im Mittelpunkt stehen eher Überlegungen zur Gestaltung der Versorgung, der Entwicklung einer Krisentheorie und dem interventiven Vorgehen.

Bearbeitung eines Problems

Bei diesem Bearbeitungstyp geht es hauptsächlich um eine Weitervermittlungsberatung. Die KrisenberaterInnen nehmen sich dafür Zeit, um sich "ein klares Bild" von dem Problem zu machen und um über die Herstellung einer Vertrauensbeziehung zu sichern, daß die KlientIn die Weiterempfehlung auch umsetzt.

Wichtigster Bestandteil der Problembearbeitung ist die Redefinition des vom Klienten eingebrachten Problems. Mit Redefinition ist eine erneute und damit abweichende Kontextualisierung gemeint.

Vorgenommene Redefinitionen sind unterschiedlich spezifisch innerhalb ihres Kontextes. Die KrisenberaterIn kann das Problem einem bestimmten Kontext zuweisen, z.B. als Beziehungsproblem sehen und es dabei belassen. Sie kann das Problem spezifischer definieren, beispielsweise im Sinne einer Persönlichkeitsdiagnose (z.B. als Durchsetzungsproblem), oder im Sinne einer an Krankheitsbildern orientierten Diagnose (z.B. als Depression). Sie kann auch das Problem in einen bestimmten Lösungskontext stellen, z.B. als Therapie-Problem. Schließlich kann sie das Problem als lösbar oder unlösbar definieren.

Häufig hört im Erstkontakt mit der Zuweisung des Problems zu einer umfassenden Kategorie auch die Bearbeitung auf. Erst in nachfolgenden Gesprächen wird eine Redefinition "ausgearbeitet" und "überprüft". Die aufgestellten Hypothesen über Zusammenhänge werden komplexer oder aber verändert.

Die Kontextualisierung des Problems bestimmt den Behandlungsvorschlag bzw. die Entscheidung, ob die KrisenberaterIn das Problem selber lösen will. Wenn sie sich dazu entschließt, muß sie Überlegungen zur konkreten Lösungsentwicklung anstellen und das Problem nicht nur einem Kontext der Behandlung zuweisen.

Im Erstkontakt sind Behandlungsentscheidungen zu treffen und sei es, daß noch einige Gespräche in der Krisenambulanz erfolgen sollen. Dazu ein Beispiel: Eine junge Frau leidet unter den negativen sozialen Folgen, die ihre ständigen Wutanfälle bewirken. Sie möchte den Ursachen auf den Grund gehen. Der Krisenberater vermutet Angst und eine Selbstwertproblematik und bietet ihr weitere Gespräche an.

Im Interview werden die KrisenberaterInnen gefragt, warum und in wieweit sie sich für Menschen zuständig sehen, die zwar Probleme haben, sich aber nicht in einer akuten Krise befinden, wie im obigen Beispiel. Die meisten KrisenberaterInnen fühlen sich auch für die oben geschilderten Probleme zuständig - zumindest für die Klärung der Problemlage und einer entsprechend qualifizierten Weitervermittlung. Nur ein Berater sieht in der Bearbeitung ein Legitimationsproblem. Das kann daraus geschlosssen werden, daß er zur Rechtfertigung der Bearbeitung von "Alltagsproblemen" in Abhebung von Krisen die Konstruktion des vorgeschobenen Problems einführt:

Ich versteh' das meistens erstmal so als Wink mit nem Zaunpfahl. Als Test. Mal gucken, wie er (der Krisenberater) darauf eingeht. Von meinem Verständnis her, daß derjenige vielleicht noch andere Probleme hat.

Als weiteres Argument wird angeführt, wenn auch die KrisenberaterIn keine Krise konstatieren kann, so kann die KlientIn das Problem jedoch als Krise erleben und es ergibt sich daher eine Bearbeitungsberechtigung.

Bearbeitung eines Auftrages

Die Krisenambulanz ist eine hoch vernetzte Institution, die einen Großteil ihrer Klientel von anderen Institutionen überwiesen bekommt bzw. von diesen zur KlientIn gerufen wird. Dies bedeutet, wie dieser Abschnitt zeigen soll, daß sie sich mit den institutionellen Aufträgen und dem Bild, das die vermittelnde Institution von einer KlientIn entwirft, auseinandersetzen muß. Die Bearbeitung eines Auftrages ist immer nur Teil der Gesamtbearbeitung, stellt aber einen klar erkennbaren eigenen Arbeitsschritt dar.

Die Hinzuziehung der Krisenambulanz hat verschiedene Gründe. Der sozialpsychiatrische Dienst sieht die Krisenambulanz als eine ergänzende Einrichtung für Notfälle nach Dienstschluß.

Ein anderer Grund besteht darin, daß sich eine Institution für eine bestimmte KlientIn nicht zuständig sieht, an jemanden weiterleiten möchte, da sie bei ihr falsch plaziert ist. Dieser Fall tritt z.B. ein, wenn jemand medizinische Hilfe sucht, diese aber nicht angemessen scheint, da kein medizinisch behandelbares Problem vorliegt. So wurde eine Frau mit der Feuerwehr in eine Klinik wegen akuter Schwindelanfälle eingeliefert. Es stellte sich aber kein organischer Befund heraus. Als die Frau wieder nach Hause gehen sollte, warf sie sich auf den Boden "Sie wolle nicht gehen, sie könne nicht mehr weiter." Da die Handlungsmöglichkeiten der Ärzte erschöpft waren, wurde die Krisenambulanz eingeschaltet.

Die Krisenambulanz wird auch in ihrer Funktion als ergänzender Dienst genutzt. Insbesondere wird sie von einer außerbezirklichen stationären Kriseneinrichtung in dieser Funktion eingesetzt. Ein bestimmtes Allgemeinkrankenhaus ruft sie, wenn ihre PatientInnen nicht mit einem behördlichen Dienst reden wollen, weil diese z.B. nicht als "Fall" aktenkundig werden wollen.

Die Polizei nimmt die Krisenambulanz in für sie "unklaren" Fällen in Anspruch. Liegt ein psychiatrisches Problem vor, so wird eher der sozialpsychiatrische Dienst bzw. die zuständige Psychiatrie in Anspruch genommen. Der Krisenambulanz werden eher verzweifelte, aufgeregte Menschen zugeführt, die u.U. nicht wissen, wo sie die nächste Nacht zubringen sollen oder die KrisenmitarbeiterInnen werden zu einem "Familiendrama" hinzugezogen.

Wieweit ist es der Krisenambulanz möglich, auf die Zuweisung von KlientInnen, d.h. auf den Zuweisungsprozeß selbst und auf die Überweisungsformen Einfluß zu nehmen? Es ist eine Frage der Kooperation zur überweisenden Institution. Wo bestehen Wünsche und wieweit ist es der Krisenambulanz möglich, sich vom Auftrag und dem entworfenen Bild der überweisenden Institution zu distanzieren, den Auftrag sogar zu verweigern oder ein völlig anderes Bild zu entwerfen, das u.U. Konsequenzen für die Institution selbst hat? Es ist eine Frage der Bestimmung der Arbeitsaufgaben der eigenen Institution und eine Frage der eigenen Autonomie.

Häufig scheint die Einbeziehung für die KrisenmitarbeiterInnen selbstverständlich und der Auftrag klar und nachvollziehbar zu sein. Aber nicht immer läuft es glatt ab. Ein Beispiel: Auf den "Hilferuf des Nachtdienstes eines Seniorenheims" kommt es zu einem "Einsatz" des Krisenberaters, der mit dem Begriff "Einsatz" den Notfallaspekt hervorhebt. Es wird ihm ein "ärztliches Bulletin" vorgelegt, das ein Bild einer erheblichen persönlichen Problematik einer alten Frau zeichnete. Erst danach wurde er zu der alten Frau gebracht, die im Streit mit ihrer Zimmermitbewohnerin lag und damit drohte, sich umzubringen. Dem Krisenberater gelingt es, bei der Frau eine Entlastung herbeizuführen. Er schaltet aber am nächsten Tag den sozialpsychiatrischen Dienst ein.

Interessant ist dieser Fall, weil hier besonders deutlich wird, daß sich die KrisenberaterInnen mit dem Bild, das die Institution von dem als hilfsbedürftigen bezeichneten Menschen zeichnet, auseinandersetzen müssen. Die ärztliche Information wird als besonders relevant von der Institution betrachtet. Hingegen erhält der Krisenberater keine oder nur wenige Informationen über die soziale Einbindung der Frau in das Heim, über ihre Beziehung zu ihrer Zimmermitbewohnerin, über mögliche Veränderungsvorstellungen der Institution durch Verlegung der Frau in ein anderes Zimmer usw. Das Bild, das die Institution von der Klientin zeichnet, steht ganz im persönlichen Kontext, wird als individuelle Störung betrachtet und soll als solche behandelt werden. Der Krisenberater schwankt zwischen zwei Betrachtungsweisen der Krisensituation. Einerseits definiert er sie als aktuellen Beziehungskonflikt, der bei räumlicher Trennung der Konfliktpartnerinnen ausgeräumt wäre, andererseits kann er sich der ärztlichen Sichtweise nicht verschließen. Hier soll nicht darüber geurteilt werden, was die "richtige" Entscheidung ist. Wichtiger ist die Aufmerksamkeit auf den Punkt zu richten, daß das "ärztliche Bulletin" einen Einfluß auf das weitere Vorgehen hat.

Mit diesem Bearbeitungstyp sind Konflikte verbunden. Als besonders problematisch werden bestimmte Aufträge des sozialpsychiatrischen Dienstes gewertet: Erstens, wenn sie jemanden einweisen sollen:

Also, wo ne klare inhaltliche Vorgabe besteht von wegen, ja fahrt da mal hin. Der muß eingewiesen werden. Denk' das ist immer so die Problematik... . Weil, das ist jetzt vielleicht die Einschätzung von irgend jemanden, und wer weiß, von wann.

Zweitens, wenn die KrisenberaterInnen jemanden aufsuchen sollen, der davon nicht in Kenntnis gesetzt ist: Hier erlebt sich die Krisenambulanz als Erfüllungsgehilfe einer übermächtig empfundenen Institution für Aufgaben, in denen der Kontrollaspekt einer solchen Tätigkeit deutlich wird. Mit Bedenken, den Datenschutz auf diese Weise zu verletzen, wird gegen die Übernahme der zweiten Aufgabe argumentiert.

Ein Weg aus dieser Art der Inanspruchnahme wird in Fortbildungen und ein weiterer in gemeinsamen Diskussionen in der Psychosozialen Arbeitsgemeinschaft gesehen. Die erste Form wird wegen Zeitmangel als wenig realisierbar und die zweite Form als noch nicht realisierbar angesehen .

Tatsächlich führt ein Ausweg nur über eine gemeinsame Diskussion, in der die KrisenmitarbeiterInnen ihre Arbeit und ihr Konzept transparent gestalten, so daß darüber anderen deutlich wird, für wen die Krisenambulanz sich zuständig fühlt und wo dies nicht möglich oder gewollt ist. Dies könnte zu einer Diskussion im Bezirk führen, die die Krisenversorgung als Aufgabe von allen mehr ins Blickfeld führt.

Resümee

Die Krisenambulanz kann als ein Beispiel für den Versuch gelten, zwei sowohl in der Praxis als auch in der Theorie getrennte Bereiche, die psychiatrische und die psychosoziale/psychosomatische Versorgung, zu integrieren. Die dadurch hergestellte weitgefaßte Zuständigkeit erfordert ein differentielles, professionelles Vorgehen, welches mit Hilfe der Begrifflichkeit der Bearbeitungstypen beschrieben wurde.

Die Bearbeitungstypen verstehen sich als Einheit von Wahrnehmen, Konzeptualisieren und Handeln. Diese Bearbeitungstypen haben keinen eigenständigen Status wie Beratung, Therapie, Betreuung. u.ä. Vielmehr sind sie größtenteils als Teile eines umfassenderen Beratungsprozesses anzusehen. Sie fokussieren vor allem die unterschiedlichen Ausgangssituationen.

Die Rekonstruktion von Bearbeitungstypen erscheint mir deshalb fruchtbar, da die derzeit gängigen Begriffe wie Beratung, Krisenintervention usw. zu umfassend sind, als daß sie differenziert genug die tatsächlichen Arbeitsweisen beschreiben. In Bereichen, wo treffendere Begrifflichkeiten gefunden wurden, setzte auch eine Theorieentwicklung ein. Hier sei die Bearbeitung eines Auftrages genannt, die unter dem Stichwort Konsiliartätigkeit diskutiert wird. Erst ein Vergleich über die verschiedenen Einrichtungen, die diese Aufgaben durchführen, machte es möglich, die verschiedenen Formen dieser Arbeit als Ausdruck unterschiedlicher Rahmenbedingungen und Orientierungen zu begreifen und das Gemeinsame herauszuarbeiten. So ist mir auch aus meiner Supervisiontätigkeit im Bereich der psychosozialen Beratung von Krebskranken deutlich geworden, daß ähnliche Probleme wie in der Krisenambulanz im Umgang mit Ratsuchenden auftreten, wenn nicht wahrgenommen wird, daß einige Krebskranke Informationen haben wollen und nicht mehr. Andere sind in einer akuten Krise und die Bearbeitung einer Gefährdung ist erforderlich. Sie brauchen aber keine langfristigen Angebote. Wiederum andere suchen Hilfe für ein komplexes und vage defininiertes Problem und benötigen mehr als nur einen Rat.

Hier könnte m.E. eine begriffliche und theoretische Klärung zu einer befriedigenderen Praxis beitragen.

Beziehungsfallen und Gegenübertragungsverstrickungen in der Therapie mit Suizidalen[1]

Thomas Giernalczyk

Therapie mit suizidgefährdeten Menschen basiert grundlegend auf dem Angebot einer Beziehung, in der ein/e Therapeut/in sich auf die Eigenarten und Schwierigkeiten seines/r Klienten/in einstellt. Letztere/r wird dort abgeholt, wo er/sie steht, und auf dieser Grundlage wird die suizidale Einengung bearbeitet, sowie schrittweise die äußeren und inneren Probleme des/der suizidgefährdeten Klienten/in. Gelingt dies, so tritt häufig die Suizidalität nach einer gewissen Zeit in den Hintergrund und die Therapie mit suizidgefährdeten Klienten/innen konzentriert sich zunehmend auf die der Suizidalität zugrundeliegenden Probleme. Leider gibt es aber auch Therapien mit suizidalen Klienten/innen, die sich trotz des umsichtigen und bewährten Vorgehens von Therapeuten/innen als schwierig und fruchtlos erweisen. Sehr oft liegt das daran, daß aus zunächst unerklärlichen Gründen keine hilfreiche Arbeitsbeziehung aufgebaut werden kann. Manchmal entstehen regelrechte Beziehungsfallen, in denen Therapeut/in und Klient/in festsitzen und sich erst mit Hilfe Dritter durch Supervision befreien können. Meine zentrale These zu diesem Problembereich lautet, daß in festgefahrenen, fallenartigen Therapiesituationen Klient/in und Therapeut/in unbewußt eine zerstörerische Beziehung herstellen, die zum Teil die gleichen Züge trägt, wie die Konflikte und Beziehungsstörungen, die Klienten/innen suizidal werden ließen. Wenn eine derartige Situation eintritt, dann muß diese Beziehungsfalle erkannt und aufgelöst werden, damit die Arbeitsfähigkeit wieder hergestellt wird. Darüber hinaus liegt in der Bearbeitung einer Beziehungsfalle auch die Chance, Teile der suizidalen Dynamik von Klienten/innen im Hier und Jetzt der Therapiesituation zu bearbeiten.

Übertragung – Gegenübertragung und das Konzept der Verstrickung

Unabhängig von der favorisierten Therapiemethode von Helfern/innen bietet die Psychoanalyse mit ihren Vorstellungen von Übertragung und Gegenübertragung ein Konzept, mit dem sich die angesprochene Problematik durchdenken und handhaben läßt. Dabei geht es um folgende Grundüberlegungen: In der Therapiesituation sprechen Klienten/innen nicht nur ihre Probleme an, sondern entfalten auch ihre gesun-

---

[1] Der Beitrag geht auf einen Workshop zurück, den ich zur 21. Jahrestagung der DGS 1993 in Dresden durchgeführt habe und erscheint auch im Kongreßband von Schneider, Israel & Felber 1994 im Roderer Verlag.

den und gestörten Beziehungsanteile und strukturieren damit ihr Beziehungsangebot zum/r Therapeuten/in. In psychoanalytischer Terminologie spricht man davon, daß der/die Klient/in eine Übertragung auf seine/n Therapeuten/in entwickelt. Stark zusammengefaßt versteht man darunter, daß Menschen in der Therapiesituation frühere Einstellungen, Gefühle und Erwartungen aktualisieren und Therapeuten/innen wie frühere Bezugspersonen sehen und sich entsprechend verhalten. Dieser Vorgang ist weitgehend unbewußt und führt zur teilweise verzerrten Wahrnehmung von Therapeuten/innen. Dadurch können sich in der Therapie ähnliche Probleme und Konstellationen wie im alltäglichen Leben von Klienten/innen entwickeln. Als Reaktion auf das Beziehungs- und Übertragungsangebot von Klienten/innen entwickeln Therapeuten/innen eine Gegenübertragung, die als Gesamtheit aller aufsteigenden Bilder, Phantasien und Gefühle in Bezug auf den/die Klienten/in gesehen wird. Die therapeutische Gegenübertragung wird heute als ein wichtiges diagnostisches und interventionssteuerndes Instrument von Therapeuten/innen verstanden. Somit dient die Handhabung von Übertragungs- und Gegenübertragungsgeschehen dem Fortschritt der Therapie, weil durch sie unbewußte Beziehungsstörungen bearbeitet werden können (vgl. Mertens, 1990; Sandler, Dare & Holder, 1979). Auch Therapeuten/innen, die nicht psychoanalytisch arbeiten, werden mit dem jeweils spezifischen Beziehungsangebot ihrer Klienten/innen konfrontiert und müssen mit einer Beziehung antworten, die sie und ihre Klienten/innen arbeitsfähig hält. Dabei müssen sie sich stark an die Möglichkeiten und Schwierigkeiten der suizidalen Klienten/innen anpassen, damit eine tragfähige Beziehung aufgebaut wird. Schließlich ist der Aufbau einer konstruktiven Beziehung zentrales therapeutisches Mittel bei der Arbeit mit suizidgefährdeten Klienten/innen. In dieser flexiblen Anpassung des/r Therapeuten/in auf die Beziehungsmöglichkeiten von Klienten/innen liegen aber auch Gefahren, die die hilfreiche Beziehung zur Beziehungsfalle werden lassen können. Auf der Basis von nicht erkannter Übertragung und Gegenübertragung kann sich eine Gegenübertragungsverstrickung entwickeln, die nicht nur eine Wiederholung gestörter Beziehungen ist, sondern ihrerseits eher der Aufrechterhaltung der psychischen Probleme als ihrer Auflösung dient und längere Zeit nicht adäquat erfaßt und verändert werden kann (Rhode-Dachser, 1988). Bei der notwendigen Flexibilität von Therapeuten/innen, sich auf die Persönlichkeit von Klienten/innen einzustellen, geht es also auch darum zu erkennen, wann man sich auf eine destruktive Interaktion einläßt, die die Hände bindet und dem/r Klienten/in nicht hilft. Oft läßt es sich jedoch nicht vermeiden, zunächst eine Weile "mitzuspielen", weil dadurch erst klar wird, um welches Spiel es sich handelt und wie die Regeln dazu lauten. Das Befassen mit Beziehungsfallen und Gegenübertragungsverstrickungen soll nicht den Eindruck vermitteln, man könne sie letztlich umgehen und vermeiden. Vielmehr möchte ich versuchen, einige markante Punkte zu benennen, weil ich hoffe, daß es dadurch leichter wird, Wege aus den Fallen heraus zu suchen.

Äußere Anzeichen für Gegenübertragungsverstrickungen

Es gibt eine Reihe typischer Merkmale, die auf das Vorhandensein von Gegenübertragungsverstrickungen hindeuten (vgl. Rhode-Dachser, 1988) und die ein/e Therapeut/in zuerst bei sich selbst (oder bei Kollegen/innen in der Supervision) als Gegenübertragungsreaktionen wahrnehmen kann:

- "Das Gefängnis des/r Therapeuten/in" ist eine Situation, in der ein/e Therapeut/in in extreme innere Unfreiheit gegenüber einem/r Klienten/in geraten ist. Obgleich man sich stark mit dem/r Klienten/in beschäftigt, fühlt man sich gefangen und muß nach der Pfeife seines/r Klienten/in tanzen.

- Beim "therapeutischen Wühltisch" findet aus dem Gefühl der Insuffizienz heraus ein unkontrolliertes Experimentieren mit Setting und Interventionsmethoden statt. Wöchentliche Stundenzahlen werden rauf- oder runtergesetzt, neben Gesprächen werden Körperübungen eingeführt und ausgeblendet, zusätzliche Gruppenbesuche des/r Klienten/in werden befürwortet oder ihr Sinn angezweifelt.

- Bei der "Friß oder stirb-Attitüde" pendelt der/die Helfer/in zwischen großem Hilfsangebot und schroffer Zurückweisung eines/r Klienten/in. Dabei geht die Möglichkeit gemeinsamer Aushandlung und Wahrheitssuche verloren. Der/die Therapeut/in trifft überwiegend einsame Entscheidungen.

- "Therapie ohne Ende" ist eine Situation in der Therapeut/in oder Klient/in die Behandlung beenden möchten, die jeweils andere Person dies aber zu verhindern weiß.

- "Der wahre Retter bin ich" beschreibt das narzißtische Hochgefühl des/der Therapeuten/in, bei der alle anderen Ressourcen und Unterstützungen von Klienten/innen völlig unterschätzt werden und der/die Therapeut/in sich als einzige Stütze des Lebens des/r Klienten/in phantasiert.

- Dem folgt häufig ein Pendeln zum entgegengesetzten Pol, so daß das eigene Hilfsangebot zur "Sisyphosarbeit" abgewertet wird. Aus unerklärlichem Grund wird der Felsblock jedoch immer weitergerollt, auch wenn die therapeutische Arbeit als weitgehend sinnlos angesehen wird.

Die Liste der Zeichen ließe sich verlängern und sie treten nicht nur gekoppelt mit Suizidalität auf (vgl. Giernalczyk, 1992; 1993). Oft sind sie aber nicht das Problem selbst, sondern weisen auf den dahinterliegenden Beziehungssumpf erst hin. Gemeinsam ist den Merkmalen, daß der/die Therapeut/in in eine Haltung gerät, die sich mit dem eigenen Selbstverständnis nur wenig deckt. Er/sie verwandelt sich in eine unberechenbare, hilflose oder destruktive Person und verhält sich damit unter Umständen ähnlich, wie sich frühere Bezugspersonen des/r suizidalen Klienten/in tatsächlich oder vermeintlich verhalten haben. Der/die anfänglich "engagierte" und "gute Therapeut/in" baut sich zum/r "bösen" oder "unfähigen Therapeuten/in" um.

Einige Gegenübertragungsverstrickungen

Im folgenden stelle ich einige Situationen zusammen, die sich leicht zu Fallen für Klient/in und Therapeut/in entwickeln können.

Es gibt einen Typ von Suizidalität, der wie eine Geiselnahme organisiert ist (Kind, 1992). Der/die Suizidale nimmt das eigene Leben als Geisel, um damit einen signifikanten Anderen dazu zu bewegen, ihn/sie anzuerkennen und sich ihm/ihr zuzuwenden. Häufig bemerken Therapeuten/innen diese Dynamik am ehesten dadurch, daß sie sich wie im Gefängnis fühlen und zunehmend unter der eigenen Unfreiheit leiden (siehe oben). Der Wunsch nach Zuwendung des/der Klienten/in wird durch die erpresserische Gestaltung äußerst schwer einlösbar. Manchmal spitzt sich in derartigen Situationen die Beziehung auf eine Formel zu, bei der ein/e Klient/in ausschließlich den Tod will und der/die Therapeut/in alleiniger - oft verzweifelter - Anwalt des Lebens wird. Die Ambivalenz von sterben wollen und leben wollen wird gespalten und auf die Interaktionspartner/innen verteilt. Es ist dann häufig die Aufgabe des/r Therapeuten/in, beide Seiten der Ambivalenz zu erkennen und das Recht auf den Tod eines Klienten diesem zumindest zeitweise zu bestätigen (vgl. Dörner, 1992). Unterbleibt dieser Schritt, kann es zu einem gefährlichen Machtkampf kommen, der sich genau da abspielt, wo der/die Klient/in Hilfe und Anlehnung sucht.

Das Gegenteil dieser dramatischen Verstrickung ist eine Situation, in der sich ein/e Klient/in von dem/r Therapeuten/in zurückzieht. Der/die Therapeut/in wird als Objekt aufgegeben und damit ein weiterer Schritt auf den Tod zugegangen. Der/die Therapeut/in merkt dies zunächst nur an der zunehmenden Ruhe von Klienten/innen und daran, daß er/sie kaum negative oder positive Gefühle für eine/n Klienten/in entwickeln kann. Der/die Klient/in bringt seine/n Therapeuten/in unbewußt dazu, sich ebenfalls zurückzuziehen.

Unter dem Schlagwort "Ballonfahrt" hat Vogel (1992) eine Interaktion beschrieben, in der ein narzißtisches Beziehungsangebot eines Klienten sich mit einer überfordernden Haltung des Therapeuten zu einer explosiven Mischung verbindet. Dazu ein Beispiel:

Herr A. (46) wird nach einem Suizidversuch von der Klinik an eine Beratungsstelle vermittelt. Er jobt als Kellner, ist wohnungslos und lebt bei seiner Freundin. Im Gespräch kommt er nur kurz auf seinen Suizidversuch zu sprechen. Er erklärt, daß dies aus einem Streit mit seiner Freundin heraus geschehen sei, weil sie fremd gegangen war, aber jetzt sei wieder alles in Ordnung. Im Moment habe er einen Mietvertrag für eine eigene Wohnung fast in der Tasche und er sei kurz davor, eine feste Anstellung an einer privaten Kunstschule zu bekommen. Das Gespräch hier sei ihm von der Klinik aufgedrängt worden. Natürlich würde er auch gelegentlich trinken, aber das hätte er fest im Griff. Der Klient schmückt seine Pläne aus und weist auf frühere Erfolge in seinem Leben hin. Der Berater stellt wenig Fragen und läßt die Geschichte über sich ergehen. Zögernd bietet er einen weiteren Termin an. Der Klient meint, daß er es eigentlich nicht brauche, aber direkt schaden könne es ja nicht. Zum ausgemachten Termin kommt Herr A. nicht. Nachforschungen ergeben, daß er sich zwei Tage nach der Beratung erhängt hatte.

Was war hier passiert? Der Klient stellt sich einseitig progressiv, erwachsen und erfolgreich dar. Der Berater steuert nicht gegen, er bestärkt ihn, von seinen Aussichten zu sprechen. Vielleicht ist er froh, einen optimistischen Klienten zu haben. Vielleicht ahnt er den Zorn, der ihn treffen könnte, wenn er eine Schwäche des Klienten ansprechen würde, oder er scheut den Abgrund von Bedürftigkeit, den er ahnt. Es stellt sich während der Beratung ein narzißtisches Hochgefühl beim Klienten ein. Schwache und bedürftige Seiten will der Klient nicht zeigen und dem Helfer gelingt es nicht, diese zu thematisieren. In dem Gespräch verlieren beide den Boden der Realität und der anstehenden Probleme unter den Füßen. Die hier beschriebene Ballonfahrt baut sich bereits in der ersten Stunde auf und endet jäh mit dem Tod des Klienten. In abgeschwächter Form finden solche Flüge häufiger statt. Manchmal werden sie vom kurzfristigen narzißtischen Hochgefühl des Therapeuten begleitet und sind daran früh erkennbar. In aller Regel spielt die narzißtische Problematik von Klienten/innen (und von Therapeuten/innen) eine entscheidende Rolle (Henseler, 1984). Oft bleibt bei derartigen Verläufen Zeit, die regressive Seite, die Schwächen, das Zweifeln von Klienten/innen nach und nach zu beleuchten und die Person vollständiger wahrzunehmen.

Die Zurückhaltung bei der Terminverabredung und die fehlende Reaktion auf die Äußerung des Klienten waren vielleicht durch die Frustration bedingt, daß sich der Helfer nicht wirklich gebraucht fühlte. Die Gefahr resultierte im Beispiel daraus, daß der Klient sich einseitig großartig präsentieren mußte und der Berater den Klienten letztlich überfordert hat, indem er nur darauf reagiert hat. Beide haben den entgegengesetzten Pol der Großartigkeit, nämlich die Schwäche und Minderwertigkeit, ausgeblendet. Darüber hinaus haben sie auch die Aggression, die durch das Ansprechen der anderen Seite freigesetzt würde, vermieden.

Das folgende Beispiel umreißt eine Situation, die als "Strudel" (Vogel, 1992) beschrieben wurde. Hier wird die regressive Bewegung einer Klientin durch die unterfordernde Haltung der Therapeutin zur Beziehungsfalle:

Frau B. (32) ist Journalistin, Mutter zweier Kinder und lebt in Scheidung. Sie leidet unter Ängsten, Depressionen und Suizidgedanken. Bei zurückliegenden Trennungen unternahm sie mehrere Suizidversuche. Seit der Trennung von ihrem Mann befindet sie sich bei einer erfahrenen und einfühlsamen Therapeutin in Behandlung. Anfänglich läßt ihre Suizidalität nach, sie fühlt sich gut und sieht optimistisch in ihre Zukunft, aber nach wenigen Wochen verschlechtert sich ihr Zustand. Sie fordert immer häufiger Zusatztermine und beginnt ihre Therapeutin tagsüber und später auch nachts anzurufen. Sie setzt die Therapeutin mit Suiziddrohungen unter Druck. Die Kollegin kümmert sich jedesmal um die Klientin, wenn sie sich meldet und bleibt geduldig und nachsichtig. Etwa nach einem halben Jahr bespricht sie mit ihr, daß sie nicht glaubt, ihr helfen zu können, und empfiehlt die Fortsetzung der Therapie bei einer anderen Kollegin. Die Klientin unternimmt daraufhin einen schweren Suizidversuch und bleibt einige Wochen in einer psychiatrischen Klinik.

Was ist hier geschehen? Die Klientin wird im Laufe der Behandlung immer regressiver und betont ihre Schwäche, während die Therapeutin die Versorgung betont. Autonomiebestrebungen, mögliche Aggression und Wut auf die auch versagende Therapeutin werden unbewußt aus der Interaktion ferngehalten. Die Therapeutin blendet ihren Ärger über die häufiger werdenden Anrufe und Kontakte der Klientin aus. Im ersten Fallbeispiel (Herr A.) waren Helfer und Klient in einer Spirale der Progression und des Erfolges gefangen, hier (Frau B.) gelang es Therapeutin und Klientin nicht, aus der Spirale der Regression auszusteigen. Beiden Fällen ist gemeinsam, daß aggressive Seiten des Kontaktes vermieden wurden.

Das voranstehende Beispiel bietet sich auch für die Erläuterung weiterer Gegenübertragungsverstrickungen an, die hier wirksam gewesen sein könnten (Rhode-Dachser, 1988).

Es ist denkbar, daß bei diesem Fall eine unerkannte Omnipotenzzuschreibung der Klientin auf ihre Therapeutin eine Rolle spielt, die nicht bearbeitet wurde. Manchmal haben Klienten/innen die unbewußte Phantasie, daß ein/e Therapeut/in sie wie ein übermächtiger Gott oder wie idealisierte Eltern aus ihrer Not befreien könnten. Aus diesem Grund verstärken sie ihre Notsignale, um so zu erreichen, daß die ersehnte Rettung erfolgt. Für Therapeuten/innen ist die unbewußte Idealisierung ihrer Heilskraft häufig angenehm. Dadurch können sie verführt werden, diesen Irrglauben bei Klienten/innen nicht in Frage zu stellen und die Erwartungen auf ein realistisches Maß zu reduzieren, das das Eigenengangement des Klienten betont. Ich frage mich, ob die Therapeutin nicht auch versäumt hat, Grenzen zu ziehen, und nenne damit eine zweite Gegenübertragungsverstrickung. Therapeuten/innen sind es gewohnt, zu begleiten und gewähren zu lassen, vielleicht fällt es ihnen darum manchmal schwer, von diesem Handlungsmuster abzugehen und auf Grenzen zu bestehen, die im übrigen dann wieder das wohlwollende Begleiten ermöglichen. Es war der Therapeutin im Beispiel nicht möglich, ihre freien Stunden am Tage und in der Nacht gegen die Bedürfnisse der Klientin zu verteidigen. Allein dadurch wäre eine Portion Aggression in die Beziehung gekommen, die zu lange vermieden wurde. Möglicherweise wäre der Abbruch der Behandlung seitens der Therapeutin - als agierte Aggression - dann nicht mehr notwendig, oder aber anders besprechbar gewesen. Als letzte Interpretationsmöglichkeit möchte ich das Feilschen um Wunscherfüllung anstatt der Legitimation von Wünschen anführen. Im Laufe von Therapien werden Therapeuten/innen mit einer Reihe von Bedürfnissen und Wünschen ihrer Klienten/innen konfrontiert, die gerade auch durch die Therapiesituation wieder fühlbar werden. Es besteht nun die Gefahr, daß ein/e Therapeut/in meint, es wäre seine/ihre Aufgabe, alle Wünsche nach Zuwendung und Nähe tatsächlich zu befriedigen, was aber so nicht möglich ist. Die Aufgabe von Therapeuten/innen besteht vielmehr darin, die Wünsche von Klienten/innen zu begreifen und sie zu legitimieren, das heißt zu signalisieren, daß die Wünsche wahrgenommen und akzeptiert werden, nicht aber befriedigt werden können. Gerade Therapeuten/innen, die unbewußt mit den Eltern ihrer Klienten/innen konkurrieren, kommen leicht in die Versuchung, ihre Klienten/innen für real erlittene Entbehrung entschädigen zu wollen.

Die hier diskutierten Gegenübertragungsmuster sind einerseits häufig Ursachen für Stagnation oder Scheitern von Therapien, andererseits sind sie, wenn sie erkannt werden, eine besondere Chance, schwierige Behandlungen wieder zu beleben. Sie zeigen die Richtung weiterer Interventionen auf. Die so erfaßte Beziehungssituation kann durch geeignete Metakommunikation auch für Klienten/innen verständlich gemacht werden. Erscheint dies nicht möglich, so bieten die Muster doch Orientierung für die Interventionen, indem sie Entscheidungshilfen geben. Kommt man bei der Fallanalyse in der Supervision etwa zu dem Ergebnis, daß es um die Ziehung von Grenzen geht, so kann dies auch implizit ohne Metakommunikation geschehen, indem neue Probleme mit Grenzen anders verhandelt und entschieden werden als zuvor.

Ich komme auf meine Ausgangsthese zurück, in der ich postuliert habe, daß die spezifischen Beziehungsprobleme auch etwas mit der Dynamik der Suizidalität zu tun haben. Damit erlaubt mir aber die Bearbeitung der Beziehungsprobleme in der Therapie, mehr von der Suizidalität des Klienten zu begreifen. Es kann untersucht werden, ob ein/e Klient/in in seinem/ihrem Alltag ähnliche Beziehungen konstelliert, wie sie Klient/in und Therapeut/in miteinander erleben und ob von ihnen wiederum negative Folgen auf den/die Klienten/in zurückwirken. Die Beziehungsprobleme können schließlich auch als Ausgangspunkt für biographische Rekonstruktionen genutzt werden, indem der Frage nachgegangen wird, ob vergleichbare Beziehungssituationen von Klienten/innen bereits in der Kindheit und Jugend erlebt wurden.

Aspekte ambulanter psychotherapeutischer Interventionen bei suizidalen Krisen im Jugendalter

Karla Mišek-Schneider

Einleitung

Suizidale Krisen im Jugendalter konfrontieren Familie, soziales Umfeld und professionelle TherapeutInnen in besonderem Maß mit Ängsten, Verantwortungsgefühl, Handlungsdruck und Erfolgszwang, spricht man im allgemeinen den "unerfahrenen" jugendlichen Betroffenen doch die Fähigkeit ab, ausreichend "bilanzierend" über sich und ihr Leben nachdenken bzw. entscheiden zu können.

Angeregt durch Erlebnisse und Erfahrungen während meiner Leitungstätigkeit in einem sozialpsychiatrischen Dienst mit vorwiegend notfallpsychiatrischen Aufgaben möchte ich im folgenden einige Aspekte psychotherapeutischer Interventionen bei suizidalen Krisen im Jugendalter näher herausgreifen.

Meine Ausführungen beziehen sich in erster Linie auf *ambulante* Kriseninterventionen, also auf Situationen, in der der Jugendliche sich mehr oder weniger offen mit Suizidabsichten trägt. Der Grenzgang zwischen "zu viel" und "zu wenig" an therapeutischen Maßnahmen, das Ausbalancieren von aufdecken, stützen und loslassen gestaltet sich hier in der Regel besonders dramatisch, da sich der Jugendliche in einer existentiellen Krise befindet und zwischen dem Wunsch zu leben und der Sehnsucht, tot zu sein, hin und her pendelt. Entsprechend hoch sind Verantwortungsdruck und Ängste auf seiten des Therapeuten, die sich häufig in der Tendenz ausdrücken, eher mehr zu tun als vielleicht erforderlich.
Dabei verfolge ich u.a. zwei Ziele:

1. das Wissen um suizides Verhalten in der Pubertät und in der Adoleszenz zu verbessern und so Unsicherheiten und Ängste auf seiten professioneller Helfer zu verringern und deren Handlungskompetenzen zu erhöhen;

2. den Blick zu schärfen für die Vielgestaltigkeit des Problems, das von krankheitswertigen, lebensbedrohlichen Erlebens- und Verhaltensweisen bis hin zu akzentuierten Reifungskrisen reichen kann und somit ein sorgsam abgestimmtes psychotherapeutisches Vorgehen erfordert.

Ein reflektiertes therapeutisches Vorgehen schließt vor allem auch ein genaues Abwägen der Konsequenzen jeder psychotherapeutischen Intervention ein, die für den meist unmündigen Klienten und sein soziales Umfeld oft sehr weitreichend sein können (vgl. Mišek-Schneider und Schneider, 1990).

Ich möchte zunächst einige epidemiologische Daten zur Suizidgefährdung und zum Suizid im Jugendalter referieren, um dann auf Ursachen und Diagnosegruppen einzugehen. Anschließend werden Charakteristika der ambulanten Krisenintervention bei dieser Betroffenengruppe näher beleuchtet. Betrachtungen zum selteneren kindlichen Suizid werden weitgehend ausgeklammert, da für diese Gruppe häufig andere spezifische Vorgehensweisen erforderlich sind (vgl. Orbach, 1990).

Epidemiologie

Adoleszenten stellen aufgrund der in dieser Altersstufe typischen Konfliktkonstellationen und Strukturdefizite eine der Risikogruppen für suizidale Handlungen dar, zumal Jugendliche dazu neigen, ihre Gefühle und Stimmungen auszuagieren, anstatt darüber zu reden.

Nach der Definition der WHO bezeichnet der *kindliche* Suizid den selbstherbeigeführten Tod vor dem 15. Geburtstag. Vom Suizid eines *Jugendlichen* spricht man bei Eintreten des Freitodes zwischen 15 und 19 Jahren (Eggers, 1984).

Selbstmorde stehen bei Kindern an 10. Stelle der Todesursachen, bei Jugendlichen dagegen - nach dem Unfalltod - sogar an zweiter Stelle in der entsprechenden Statistik. Die Geschlechtsrelation beträgt bei Kindern im Verhältnis Mädchen zu Jungen etwa 1:4, bei den Jugendlichen ca. 1:3 (Nissen, 1980). Wie bei erwachsenen Personen werden die meisten Suizide nicht im Herbst oder Winter, sondern im Frühjahr begangen. Ein Zusammenhang zwischen sozialer Schicht oder Konfessionszugehörigkeit und Suizidrisiko ist bisher nicht nachgewiesen.

Die wegen der Dunkelziffer schwer zu schätzende Zahl der *Selbstmordversuche* beträgt ca. das 8 bis 10fache der Suizide, wobei hier im Gegensatz zum vollzogenen Suizid der Mädchenanteil ca. 3mal höher als der Knabenanteil ist. Vor allem in der prämenstruellen Phase oder während der Menstruation sollen Mädchen besonders gefährdet sein (Nissen, 1980).

20-50% der jugendlichen Suizidenten haben bereits mehr als einen Suizidversuch unternommen (Eggers, 1984). Hinsichtlich der Prognose stößt man ebenfalls auf einen Unterschied zwischen den Geschlechtern. Eine skandinavische katamnestische Studie kam zu dem Ergebnis, daß nach 10-15 Jahren 10% der Jungen an vollendetem Suizid gestorben waren; bei den Mädchen waren es 2,9% (Otto, 1972).

Untersuchungen der letzten Jahre scheinen die Vermutung zu bestätigen, daß Suizidhandlungen bei Jugendlichen zunehmen, während ein Anstieg der Suizidrate bei Kindern umstritten ist. Im Zeitraum von 1964 bis 1977 stieg die Selbstmordhäufigkeit bei Jugendlichen deutlich an; bei Knaben um absolut 125% und bei Mädchen um absolut 70% (Eggers, 1984).

Wie verbreitet ernsthafte Suizidabsichten in dieser jugendlichen Altersgruppe sind, zeigt anschaulich die folgende Aufstellung von Fragebogenerhebungen an zufällig ausgewählten Jugendlichen.

Tab. 1

	Wolf 1985 BRD	Stock 1972 Frankreich	Biener 1973 Schweiz
Anzahl	2668	1700	unbekannt
Alter	15–20 J.	14–24 J.	20 J.
ernsthafte Suizidgefährdung			
Mädchen	38%	33%	51%
Jungen		27%	30%
Suizidversuch:			
Mädchen	4–5%	10%	unbekannt
Jungen		6%	

Auch wenn die Objektivität und Reliabilität dieser Zahlen schwer einzuschätzen ist, so verdeutlichen sie doch, welch wichtige und schwierige Aufgabe Suizidprävention für diese Altersgruppe darstellt.

Ursachen und Diagnoseverfahren

Todesphantasien sind in der Pubertät wichtige und durchaus übliche Mechanismen, um mit Kränkungen - vor allem mit Kränkungen des Selbstwertgefühls, sog. "narzißtischen" Kränkungen - umzugehen und sie zu überwinden. Es ist besonders in diesem Alter möglich, sich mit dem phantasierten Tod und dessen Konsequenzen zu begnügen und so innerpsychische Spannungen abzubauen. Bei gleichzeitigem Auftreten bestimmter Risikofaktoren, wie z.B. Störung der familiären Interaktionen, Vorliegen einer psychiatrischen Erkrankung, psychische oder körperliche Traumata in der Kindheit, Selbstmordmeldungen im Freundeskreis oder in den Medien usw. kann es jedoch zu schweren psychischen Krisen und zu Suizidhandlungen als mißglückten Konfliktlösungsversuchen kommen (Henseler, 1984, Henseler & Reimer 1981)

Während Erwachsene aufgrund ihres weiteren Erfahrungshintergrundes meist die Gewißheit haben, daß auch schwere Krisen vorübergehen können, erscheinen sie Adoleszenten oft unüberwindbar. Sie stehen häufig das erste Mal in ihrem Leben vor phasentypischen Problemen, Konflikten und Aufgaben, und es fehlt ihnen die Erfahrung, daß auch sehr leidvolle emotionale Zustände endlich bzw. überwindbar sind. Sie werden überschwemmt von Gefühlen der Hoffnungs- und Hilflosigkeit bis hin zu völliger Verzweiflung und der Ergebung in den Tod als der einzig möglichen Lösung.

Ein großer Teil der Selbstmordhandlungen enthält sowohl demonstrative als auch ernsthafte Anteile. So trifft man gerade bei Jugendlichen nicht selten auf sog. "Suizidspiele" mit "Gottesurteilcharakter", vergleichbar etwa mit dem "russischen Roulette" usw., wo eine Ernsthaftigkeit des Todeswunsches zumindest fraglich ist.

Auch wird gerade bei jüngeren Jugendlichen das Risiko, z.B. bei der Dosierung von Medikamenten, falsch eingeschätzt. Auf jeden Fall stellt jeder, auch der noch so spielerisch oder oberflächlich angelegte Suizidversuch, ein ernstzunehmendes Notsignal dar.

Selbstmordgefährdete Jugendliche lassen sich grob in drei große Gruppen unterteilen:

1. in die Gruppe der *schizophrenen* bzw. *psychotischen* Jugendlichen:
Hier beträgt das Risiko einer Suizidhandlung ca. 25%. Die Rate der vollzogenen Selbsttötungen liegt bei 4-5% (Eggers, 1984). Die Krisenintervention für diese Gruppe, die meist auch medikamentöse Führung verlangt, liegt in erster Linie in den Händen von Nervenärzten bzw. Kinder- und Jugendpsychiatern.

2. in die Gruppe mit einer depressiven Entwicklung nach psychischem Trauma oder Traumata bzw. mit einer *depressiv-narzißtischen* Krise:
In der Pubertät stellen Identitätsfindung, Autonomiebestreben, Ablösungskonflikte und Ich-Schwächen im Sinne einer oft reduzierten Steuerungsfähigkeit an den Einzelnen Anforderungen, aus denen Selbstwertkrisen und suizidale Entwicklungen entstehen können, insbesondere bei gleichzeitigem Vorliegen von tiefgreifenden Störungen in der Familiendynamik und/oder Problemen in heterosexuellen Freundschaften, in der Schule, im Beruf. Suizidale Handlungen stehen hier meist am Ende eines längerdauernden Prozesses, der mit Erfahrungen von Isolation, Verlust der Zielperspektive, Gefühlen der Zurückweisung und des Mißverstandenwerdens ein-

hergeht. In solchen depressiv-narzißtisch getönten Krisen wird die Diskrepanz zwischen einerseits überhöhtem Anspruch an sich selbst bei zu hochgesteckten Lebenszielen und andererseits herabgemindertem Selbstvertrauen/Selbstwertgefühl als so gravierend erlebt, daß ein Ausweg nur im selbstgewählten Tod gesehen wird.

Jugendliche Klienten mit dieser mehr oder weniger stark ausgeprägten Problematik sind häufiger in psychologischen Beratungsstellen zu finden. Eine Einbeziehung des sozialen Umfeldes, der Eltern, Lehrer, Freunde und eine entsprechende Beratung und Unterstützung derselben ist hier meist unumgänglich.

3. in die Gruppe der Jugendlichen mit sog. *Persönlichkeitsstörungen*, häufig vom Borderlinetyp, und hier vor allem Klienten mit Selbstverletzungstendenzen (sog. "artifizielle Störungen"):

Hier sind zwei Untergruppen bedeutsam, die beide tiefgreifende Störungen der Persönlichkeitsentwicklung aufweisen.

Die erste Gruppe zeichnet sich durch autoaggressive Handlungen aus (z.B. oberflächliche Schnittverletzungen), die als Ausdruck einer erhöhten Kränkbarkeit und damit zusammenhängender innerer Spannung aufzufassen sind. Die selbstaggressiven Handlungen dienen so der Spannungsreduktion und haben häufig appellativen Charakter.

Bei der anderen Gruppe - oft weiblichen Geschlechts - findet man gravierende selbstaggressive Handlungen, wie schwere arterielle Schnittwunden, Verschlucken spitzer Gegenstände usw. Diese Klientinnen scheinen ihren Körper wie ein äußeres Objekt zu behandeln, an dem sie Aggressionen ausagieren und so innere Spannungen quasi nach "außen" abführen.

Die Biographie dieser Jugendlichen ist nicht selten durch sexuelle Traumata, wie Mißhandlungen oder Inzest gekennzeichnet (vgl. Hirsch, 1989).

Beide der hier beschriebenen Formen der Selbstverletzung werden häufig in mehr oder weniger vom Bewußtsein "dissoziierten" Zuständen ausgeführt.

Für diese Gruppen ist nach erfolgter Krisenintervention bei der weiteren Therapieplanung zu berücksichtigen, daß es vorrangig um die Schaffung von Nachsozialisationsmöglichkeiten und die Herausbildung von tragfähigen bzw. stabilen Beziehungsmustern geht. Für den ambulant tätigen Therapeuten heißt das, der Klientin vorrangig Kontinuität, Struktur, Stärkung von Ich-Funktionen und pädagogische Führung anzubieten.

Verschiedene Forscher (vgl. Specht & Schmidtke, 1986) interpretieren die *Suizidgenese* als einen in der frühen Kindheit beginnenden Entwicklungsprozeß, der besonders in der Adoleszenz krisenhaft eskalieren kann. Nach der Auswertung von Fallberichten und Abschiedsbriefen lassen sich bestimmte Merkmale beschreiben, die für die Suizidgenese als typisch erscheinen. Danach durchläuft jeder suizidale Jugendliche folgende Stadien:

1. Eine seit früher Kindheit andauernde Problemgeschichte.
2. Eine extreme Eskalation von krisenhaften Lebensumständen.
3. Das fortschreitende Versagen von verfügbaren Anpassungstechniken und dadurch eine immer stärker werdende soziale Isolierung.
4. In den Tagen oder Wochen vor der suizidalen Handlung eine kettenreaktionsartige Auflösung aller restlichen bedeutungsvollen sozialen Beziehungen, was dem Jugendlichen das Gefühl vermittelt, am Ende aller Hoffnung zu sein.
5. Abschluß des inneren Prozesses der suizidalen Handlung vor sich selbst und Überbrückung der Distanz zwischen Denken und Handeln.

Welchen Verlauf diese skizzierte Entwicklung nimmt, ist u.a. abhängig von der Lerngeschichte des Individuums, der Qualität und Quantität des zur Verfügung stehenden Verhaltensrepertoires sowie der sozialen Unterstützung wichtiger Bezugspersonen.

Zur suizidalen Krise

Suizidale Verhaltensweisen, Impulse und Gedanken sind immer auch Ausdruck einer aktuellen psychischen Krise. Es lassen sich idealtypischerweise drei Formen von suizidal getönten Krisen im Adoleszentenalter unterscheiden:

1. unmittelbar vital gefährdende Krisen - sog. psychatrische Notfälle, z.B. nach erfolgtem Suizidversuch - die eine sofortige Klinikeinweisung unumgänglich machen.
2. pathogen gefärbte Krisen mit suizidalen Verhaltensweisen, einhergehend mit einer psychischen Störung, die ein Handeln von seiten eines Psychologen, Psychotherapeuten oder eines Arztes erforderlich machen.
3. Entwicklungskrisen mit Suizidimpulsen im Sinne von mehr oder weniger akzentuierten Reifungskrisen, die u.a. die Stärkung und das Eingreifen von Eltern, Lehrern, Sozialpädagogen, Seelsorgern usw. verlangen.

Der Verlauf einer suizidalen Krise bei Jugendlichen gliedert sich analog den Forschungsergebnissen bei Erwachsenen in drei Phasen (Pöldinger, 1968):

1. in die Phase der *Erwägung*, wobei hier psychodynamische, aber auch suggestive Momente eine Rolle spielen.
2. in die Phase der *Ambivalenz*, die oft mit direkten Suizidankündigungen einhergeht.
3. in die *Entschluß*-Phase mit entsprechenden Vorbereitungshandlungen, die insbesondere bei Kindern und auch bei Jugendlichen extrem kurz sein kann und spontan bei zufälliger Verfügbarkeit eines geeigneten Suizidmittels einsetzt.

Spezifische ambulante Therapiemaßnahmen, die unter dem Begriff "Krisenintervention" subsumiert werden, setzen oft an in der der letzten Entscheidung vorausgehenden Phase der Ambivalenz, also dem Stadium des emotionalen Pendelns zwischen Hoffnung und Resignation, Hilfeersuchen und aggressiver Zurückweisung jeglicher Hilfsangebote, zwischen Leben und Sterben wollen. Krisenintervention sucht keine Lösung des Konflikts, sondern eine individuell angemessene, situationsgerechte Krisenbewältigung. Sie zielt nicht auf eine grundlegende Therapie der Ursachen und Auslösemechanismen, sondern will zunächst eine Klärung der aktuellen Situation und eine Weichenstellung, wie es weitergehen kann, erreichen. Die eigentliche Psychotherapie muß sich ggf. anschließen.

Ein besonderes Problem hierbei ist es, den Grad der *Suizidgefährdung* richtig einzuschätzen, um die unmittelbar notwendigen therapeutischen und sozialen Schritte zu veranlassen. Die Suizidologie hat mittlerweile zur Abschätzung der Suizidalität von Erwachsenen sog. "Risikolisten" entwickelt (Pöldinger, 1968).

Entsprechende Skalen für Kinder und Jugendliche existieren nicht, sind vermutlich auch wegen der individuell unterschiedlich verlaufenden psychischen Entwicklung in diesen Altersbereichen nicht sinnvoll konstruierbar.

Verschiedene Untersuchungen (z.B. Nissen, 1980) zeigen, daß besondere Gefährdung bei Vorliegen folgender Faktoren gegeben ist:

- gezielte oder ungezielte Suizidandrohungen
- gehäuftes Vorkommen von Suiziden bzw. Suizidversuchen in der Familie oder im sozialen Umfeld bzw. vorausgegangene eigene Suizidversuche
- konkrete Vorstellungen über die Art der Durchführung
- Abbrechen sozialer Kontake und eine negativ-mutistische Phase im Sinne einer Vorbereitungszeit auf suizidale Handlungen
- zerbrochene Familienstruktur
- gleichzeitiges Hinzutreten verschiedener existentieller Konflikte (z.B. Liebeskummer, Leistungsschwierigkeiten usw.).

Charakteristika des ambulanten Kriseninterventionsgespräches

Wichtigstes Medium der Krisenintervention bei Suizidgefahr ist das Gespräch zwischen Helfer und Betroffenem. Hierbei ist das genaue Beobachten des Gegenüber, das Registrieren eigener Gefühle und Impulse sowie die Bedingungen ("Rahmenbedingungen"), unter denen solche Begegnungen stattfinden, von besonderer Bedeutung. Die möglichst rasche Herstellung einer vertrauensvollen Beziehung zwischen Jugendlichem und Therapeuten ist die Basis einer erfolgreichen Behandlung, wobei *Transparenz* und *Partnerschaft* - besonders für diese Altersgruppe - eine große Rolle spielen. Ziel des Gespräches ist es, den Jugendlichen aus seiner "Einengung" zu lösen und ihn aus seiner ihm ausweglos erscheinenden Vereinsamung und emotionalen Starre herauszuführen.

Ich möchte im folgenden einige Charakteristika des Kriseninterventionsgespräches bei suizidalen Jugendlichen näher beschreiben:

Stichwort *Fremdbestimmung*

Ungleich häufiger als bei Erwachsenen ist es nicht der jugendliche Klient, sondern sein soziales Umfeld, das den Besuch in der Beratungsstelle oder Praxis veranlaßt. Kooperationsbereitschaft und Motivation des Betroffenen sind daher oft äußerst gering ausgeprägt, was zu mannigfaltigen Problemen, u.a. zu heftigen Gegenübertragungsreaktionen beim Therapeuten führen kann. Gefühle von Wut, Ärger und Hilflosigkeit angesichts eines schweigenden oder bagatellisierenden oder völlig widerspenstigen Jugendlichen gilt es zu erkennen und zu bearbeiten, damit nicht ein reduziertes therapeutisches Engagement resultiert bzw. das Gefühl des Klienten, zurückgewiesen zu werden, jede positive therapeutische Intervention unmöglich macht (vgl. auch Reimer, 1990).

Stichwort *Rahmenbedingungen*

Da der Therapeut nahezu immer unvermittelt mit solchen Krisen konfrontiert wird und so gezwungen ist, seine Tagesplanung umzustrukturieren, ist die Schaffung adäquater Rahmenbedingungen, wie z.B. ausreichend Zeit und Ruhe, eine wichtige Bedingung zum Gelingen eines Kriseninterventionsgespräches und zum Aufbau einer tragfähigen Beziehung zum Jugendlichen. Dabei ist zu berücksichtigen, daß Interventionen bei Adoleszenten - meiner Erfahrung nach - immer wesentlich mehr Zeit in Anspruch nehmen als ähnliche Interventionen bei Erwachsenen (z.B. durch Schwierigkeiten bei der Kontaktaufnahme, Einbeziehung des sozialen Umfeldes usw.).

Stichwort *Erkennen und Benennen von Gefühlen*

Jugendliche tun sich meist schwer, eigene Gefühle zu erkennen bzw. zu benennen. Sie sind oft von Gefühlen überflutet, es fehlt ihnen die Erfahrung, wie sie Gefühlsqualitäten benennen sollen; im Umgang mit solchen Gesprächen sind sie ungeübt. So ist es erforderlich, daß beängstigende Themenbereiche wie Suizid, Suizidimpulse, Selbstwertprobleme etc. vom Therapeuten angesprochen werden. Dabei kann die Einbeziehung kreativer Medien (Musik, Ton, Farbe usw.) hilfreich sein.

Stichwort *Erfolgsdruck auf seiten des Therapeuten*

Sowohl aufgrund eigener Zuschreibung ("...Jugendliche wissen noch zu wenig vom Leben...sie dürfen es nicht einfach wegwerfen...") und aufgrund der Zuschreibung durch das soziale Umfeld des Jugendlichen ("...mein Kind darf nicht sterben...Sie als Fachmann dürfen das nicht zulassen...") ist der Erfolgsdruck, unter dem ein Therapeut in diesem Fall steht, besonders hoch. Die Gefahr, entweder diesen Druck völlig abzuwehren, indem man die Ernsthaftigkeit der Krise in Frage stellt, oder - was m.E. häufiger vorkommt - sich in Handlungszwängen zu verfangen, ist dementsprechend groß.

Stichwort *Einbeziehung des sozialen Umfeldes*

Aufgrund der spezifischen Abhängigkeitsstruktur eines Jugendlichen ist die Einbeziehung des sozialen Umfeldes schon während des Erstgespräches und besonders bei der Therapieplanung und Formulierung von Zielperspektiven unerläßlich. Kontakt nur mit dem Jugendlichen kann dazu führen, daß man einen zentralen Konflikt übersieht. Dies erfordert jedoch vom Therapeuten eine zusätzliche psychische und zeitliche Anstrengung, die durch das Hinzuziehen eines zweiten Therapeuten gemindert werden kann.

Eine erfolgreiche Erstbegegnung im Rahmen einer ambulanten Krisenintervention bei suizidalen Jugendlichen ist durch das Erfüllen von vier Voraussetzungen gegeben:

1. Ein Gespräch kann in entspannter Atmosphäre mit ausreichend Zeit und Ruhe erfolgen.
2. Es gelingt, zu dem oft verstockten, widerspenstigen und verbal aggressiven Jugendlichen eine offene und positive Beziehung aufzubauen.
3. Das Ansprechen von Suizidimpulsen und Selbstwertproblemen ist möglich und erleichtert den Betroffenen.
4. Der Jugendliche kann in eine weitgehend intakte Familie oder ein anderes soziales Umfeld entlassen werden, die über das Vorgehen informiert und damit einverstanden sind.

Ist eine der vier Bedingungen in nicht ausreichendem Maß erfüllt, so wird eine sofortige Klinikeinweisung unumgänglich. Man sollte sich jedoch vor Augen halten, daß auch ein stationärer Rahmen nicht immer Schutz und Geborgenheit bieten kann. Besteht das Ziel von Kriseninterventionen vorrangig in der Bewältigung von aktuellen massiven emotionalen Labilisierungen, die eine Folge von unterschiedlichsten Belastungssituationen darstellen können, so finden sich bei einer großen Zahl von Patienten erhebliche neurotische Entwicklungen oder defizitäre Persönlichkeitsakzentuierungen, die weitgehend unabhängig von situativen Faktoren doch immer wieder zu ähnlichen Problemkonstellationen führen können.

Bei diesen Betroffenen ist mit einer ausschließlich die aktuelle Krise fokussierenden therapeutischen Intervention keine weitgreifende Lösung zu erwarten. Hier muß es darum gehen, auf dem Hintergrund einer Krisenintervention eine längerfristige psychotherapeutische Behandlung einzuleiten, die auf die Bearbeitung der zugrundeliegenden Probleme abzielt. Häufig wird bei der Arbeit mit Kindern und Jugendlichen eine Familientherapie indiziert sein.

Ein *Fallbericht* aus meiner Tätigkeit in einem sozialpsychiatrischen Dienst mag das eben Gesagte noch einmal verdeutlichen:

Stefan L., 19 Jahre

An einem Morgen sehr früh, gegen 8 Uhr, erreichte mich in unserer Beratungsstelle ein Anruf aus dem Polizeigewahrsam. Man wollte mir einen jungen Mann vorstellen, der in der vorausgegangenen Nacht auf das Baugerüst eines Kirchturms geklettert war, um sich das Leben zu nehmen. In einer dramatischen Rettungsaktion sei er von der Feuerwehr heruntergeholt worden; er habe etwas getrunken und wie wild um sich geschlagen, sobald er die Polizei erblickte, so daß man ihn zunächst in den Polizeigewahrsam gebracht habe. Dort habe er bis jetzt seine Identität nicht preisgegeben, nur verstockt geschwiegen. Bis auf einen "walkman" habe er nichts bei sich gehabt. Man wisse nicht, was man mit ihm tun solle, jetzt würden sie ihn erst einmal zu uns bringen; wir sollten weiter entscheiden.

Etwas später brachte man mir einen nett aussehenden, ca. 18-19jährigen jungen Mann. Er begrüßte mich kurz mit den Worten: "Hallo, ich bin Stefan und kein Psycho. Ich weiß nicht, was ich hier soll", um sich dann für die nächste Stunden in Schweigen zu hüllen. Trotz all meiner Bemühungen kam kein Gespräch zustande. Stefan antwortete nicht, kaute an den Nägeln, trommelte mit den Fingern auf den Tisch, pfiff vor sich hin oder schaute demonstrativ in die Luft. Ich schwieg mittlerweile ebenfalls. Schließlich fiel sein Blick aus dem Fenster, von wo aus der Kirchturm zu sehen war, den er nachts zuvor bestiegen hatte. Ich folgte seinem Blick und sagte: "Ganz schön hoch!" Stefan antwortete immer noch nicht, ging nur stumm zum Fenster. Ich folgte ihm nach einiger Zeit; für eine Weile blickten wir beide schweigend den Kirchturm an. "Ist dort eine Kassette drin?" fragte ich ihn und zeigte auf seinen walkman, den er krampfhaft festhielt. "Ja", antwortete er leise. "Magst du sie mir vorspielen?" fragte ich weiter. Stefan schaltete den walkman an und wir hörten ein Lied eines zur damaligen Zeit beliebten Schlagersängers mit dem Titel "Verdammt, ich lieb dich!" Stefan war sichtlich emotional aufgewühlt. "Liebst Du sie sehr?" fragte ich, worauf Stefan in Tränen ausbrach und zu erzählen begann. Damit war die Beziehungsaufnahme gelungen, das Eis gebrochen.

Stefan lebt seit der Scheidung seiner Eltern vor fünf Jahren bei seiner Mutter. Zeitweise lebte der von ihm sehr bewunderte Stiefbruder bei ihnen. Dieser Stiefbruder hatte Alkoholprobleme, hatte auch schon einen Suizidversuch hinter sich, war zur Zeit beruflich unterwegs. Die Mutter war berufstätig, häufig bei ihrem neuen Freund. Der Kontakt zum Vater, der in einer anderen Stadt lebte, war gut. Stefan besuchte die letzte Klasse einer Fachoberschule, wollte in Kürze sein Abitur machen. Die Schule "öde" ihn an, in den letzten Monaten habe er häufig geschwänzt, sei mit dem Motorrad oder Auto "herumgegurkt".

Vor einigen Wochen hatte er das Auto seines besten Freundes zu Schrott gefahren; dieser rede daraufhin nicht mehr mit ihm. Er habe jetzt mehrere tausend Mark Schulden. Sein Bruder, der ihm bisher bei jedem Problem geholfen habe, sei nicht da; auch seine Eltern wollten nicht helfen, es sei seine Schuld, er solle die Suppe alleine auslöffeln, sich das nötige Geld selbst verdienen. Seine Freundin habe sich erst kürzlich von ihm getrennt, da er auf "nichts mehr Bock gehabt habe" und ihr zu langweilig geworden sei. Seine Schulleistungen seien dramatisch abgesunken, gestern habe ihm seine Lehrerin erklärt, daß sein Abitur gefährdet sei. Daraufhin sei er den ganzen Tag durch die Stadt gelaufen, habe versucht, sich mit seiner Freundin zu verabreden; diese habe ihn jedoch abgewiesen. Er habe in seinem Leben keinen Sinn mehr gesehen, sich drei Flaschen Bier gekauft, habe sich in den Park am Fuß des Kirchturms gesetzt und ununterbrochen sein Lieblingslied gehört, dabei das Bier getrunken. Schließlich sei er aufgrund eines spontanen Entschlusses auf das Baugerüst geklettert, habe dort oben jedoch Angst bekommen. Eigentlich sei er froh, daß die Polizei ihn heruntergeholt habe.

Stefan bat mich inständig, ihn nicht in eine Klinik einzuweisen. Mit seinem Einverständnis wurde seine Mutter, die sofort kam, und sein Vater von den Vorfällen unterrichtet. Unter der Bedingung, sich regelmäßig in der Beratungsstelle vorzustellen, wurde er nach Hause entlassen.

Es folgten in den nächsten drei Wochen mehrere längere Gespräche mit Stefan, seinen Eltern und seiner Lehrerin. Verschiedene organisatorische Probleme konnten geregelt werden. Der emotionale Druck war gemildert, die aktuelle Krise erst einmal bewältigt. Ich riet Stefan, eine längerfristige Psychotherapie zu beginnen, um die zugrundeliegenden psychodynamischen Konflikte aufzuarbeiten. Stefan wollte zunächst sein Abitur ablegen und dann entscheiden, ob er die Therapie machen soll. Es ist fraglich, ob er sich positiv entschieden hat.

Abschließende Bemerkungen

Die Beurteilung und Behandlung von suizidalen Krisen bei Adoleszenten stellt ein schwerwiegendes Problem dar und damit hohe Anforderungen an den Therapeuten. Es ergibt sich daraus jedoch nicht zwangsläufig die Konsequenz, daß man lieber zu viel als zu wenig tun sollte, da übermäßige und inadäquate Bemühungen auch schwerwiegende negative Effekte haben können (Festschreibung in der Patientenrolle, Entlassung der Eltern aus ihrer Verantwortung usw.). So bleibt der ambulante Umgang mit suizidalen Jugendlichen ein mit allen Risiken behafteter Grenzgang.

Der schon oben beschriebene Verantwortungs- und Erfolgsdruck, der auf dem Therapeuten lastet, sollte nicht zum Leitmotiv des therapeutichen Handelns werden. Fehleinschätzungen im Umgang mit dem suizidalen Jugendlichen können trotz aller Vorsicht nicht vermieden werden, dürfen jedoch nicht zu Resignation, Bagatellisierung oder Verdrängung des Problems führen. Es gilt vielmehr, sich solchen Mißerfolgen zu stellen, sich mit ihnen auseinanderzusetzen, um einen angstfreien und akzeptierenden Umgang mit jungen selbstmordgefährdeten Menschen zu fördern.

Mit zunehmender Professionalisierung, Spezialisierung und gleichzeitiger Aufweichung der tradierten Elternrolle und -funktionen besteht die Tendenz, den Umgang mit Auffälligkeiten und psychischen Krisen bei Jugendlichen möglichst schnell in die Hände eines Fachmannes zu legen. Berufspolitische Interessen stützen diese Tendenz sogar. Primärpräventive Maßnahmen, gesellschaftliche und pädagogische Veränderungen und Aufgabenbereiche verlieren so an Bedeutung.

Gesundheitspolitische Forderungen, die immer mehr hoch spezialisierte Kriseninterventions- oder Notdienste fordern, verfolgen einen einseitigen Ansatz; es gilt vielmehr, gesellschaftliche und politische Rahmenbedingungen zu schaffen, die den Ursachen solcher Krisen entgegenwirken.

Kurt Biener (1984), der sich intensiv mit Suizidkrisen bei Jugendlichen befaßte, drückt ähnliches aus, wenn er sagt:

"...All diese Todesfälle sind letztlich das Ende einer Entwicklung, die geprägt ist von Zweifeln an sich selbst und an der Umwelt, von Verlust an Vertrauen und Zielen. So darf sich unser Bemühen nicht darin erschöpfen, Todesfälle zu verhindern. Es muß sich vielmehr darauf ausrichten, in einem viel früheren Stadium Grundlagen zu schaffen für eine gesunde Entwicklung der eigenständigen Persönlichkeit..."(S. 1 f.)

Ambulante Krisenintervention am Beispiel des psychosozialen/sozialpsychiatrischen Krisendienstes Bielefeld

Margarete Frei

Zum Hintergrund der Krisendienst-Einrichtung in Bielefeld

Als wir den psychosozialen Krisendienst vor fünf Jahren in Bielefeld einrichteten, ahnte keiner der Verantwortlichen, wie er sich entwickeln würde. Es gab für die Einrichtung des Krisendienstes mehrere Gründe, die sicherlich nicht nur die Bielefelder Situation kennzeichnen. Zunächst galt es, einer Entwicklung Rechnung zu tragen, die schon seit mehreren Jahren zu beobachten war:

- Die großen psychiatrischen Krankenhäuser verkleinerten sich und als Konsequenz zeichnete sich ab, daß mehr psychisch kranke Menschen in die Gemeinde zurückkommen würden.
- Stationäre Behandlungsfristen wurden und werden kürzer. Als Konsequenz werden die Patienten früher zur ambulanten Weiterbehandlung und -betreuung zu Ärzten, Ambulanzen und Beratungsstellen entlassen.
- Insofern nimmt der ambulante Versorgungsbedarf und in diesem Rahmen auch der Bedarf an Krisenintervention in der Gemeinde zu.

Dieser Entwicklung liegt die Annahme zugrunde, daß psychiatrische Erkrankungen und Störungen am erfolgreichsten dort behandelt werden, wo sie entstehen: in der Familie, am Arbeitsplatz, im alltäglichen Umfeld.

Dies hat zur Folge, daß psychisch kranke Menschen häufiger außerhalb der Klinik anzutreffen sind, als es vor Jahren noch der Fall war. Früher waren diese Menschen eher in Langzeitbereichen anzutreffen. Es handelt sich überwiegend um Menschen, die durch relativ geringe Belastungen krank und/oder rückfällig werden können und die aufgrund ihrer Rückzugsneigung und Isolation in Gefahr geraten, von dem bestehenden Unterstützungssystem kaum oder nur schwer erreicht zu werden. Es liegt also auf der Hand, auch aus diesem Grund vermehrt mit Kriseninterventions-Bedarf zu rechnen. Die ambulanten Dienste und Einrichtungen müssen ihre Bemühungen verstärken, sich auf diese veränderte Situation einzustellen.

Aus vielen Kommunen wird berichtet, daß eine hohe Zahl von Einweisungen in stationäre psychiatrische Krankenhäuser aus strukturellen Gründen am bestehenden

Hilfesystem vorbei erfolgt. In Bremen spricht man von ca. 60%, die nach Dienstschluß und an Wochenenden in die Klinik kommen, ohne daß zuvor Kontakt zu einem Fachdienst oder Facharzt bestanden hat. Für Bielefeld galt ähnliches. So wurde z.B. im Bereich der Suchtkrankenbetreuung deutlich, daß etwa 60 bis 70% der Klienten/innen ohne Beratungsstellenkontakt in bedenklichem Zustand in Krankenhäuser eingewiesen wurden. Ein Krisendienst könnte vor einer Einweisung rechtzeitig alternative Interventionen einleiten, Behandlung vermitteln und ambulante Dienste einschalten.

Die Auseinandersetzung mit psychiatrischen Problemen bei fehlenden Krisendiensten ist auch aus einem weiteren Grund problematisch: So wird z.B. ein psychiatrisch nicht geschulter Notarzt in unklaren Fällen kein Risiko eingehen und deshalb zur Krankenhauseinweisung neigen. In vielen Fällen wird die Polizei eingeschaltet. Letztere vermag zwar Katastrophen zu verhindern, wird in der Regel aber einer psychischen Krise nicht gerecht.

Für die von einer Krise Betroffenen kommt zur unangenehmen Erfahrung der Einweisung als solcher hinzu, daß unruhige Aufnahmestationen für diese Klientel oftmals ungeeignet sind und eher symptomverstärkend wirken. Eine Einweisung von suizidalen Menschen auf eine chirurgische oder internistische Station kann zwar die körperlichen Symptome behandeln, die Suizidalität bleibt aber in der Regel unberührt.

Ein Krisendienst übernimmt in solchen Situationen eine wichtige Aufgabe: er überführt psychosoziale und sozialpsychiatrische Krisen aus dem Verantwortungsbereich von Nicht-Fachleuten wie Medizinern/innen anderer Fachrichtungen oder der Polizei in die Zuständigkeit von psychosozialer Kompetenz.

Leider stößt man in Diskussionen immer noch auf Kosten-Nutzen-Argumentationen dergestalt, daß es nachts nicht um eine optimale Versorgung psychisch Kranker ginge, sondern um eine wirtschaftlich und psychisch vertretbare Form von Schadensbekämpfung/ Schadensabwendung. Dies könne notfalls auch z.B. von einem Orthopäden gewährleistet werden.

In der täglichen Arbeit sozialpsychiatrischer Dienste, auch des Sozialpsychiatrischen Dienstes im Bielefelder Gesundheitsamt, wird deutlich, daß es für einige Menschen viele, für andere Menschen offensichtlich nur wenige Hilfen gibt, wenn sie psychische Krisen entwickeln.

Für Mitglieder der sogenannten sozio-ökonomischen Mittelschicht steht bei Antragstellung auf Kostenübernahme für eine Psychotherapie in Großstädten inzwischen ein recht gutes, vielschichtiges Hilfsangebot zur Verfügung. Ein entsprechendes therapeutisches Programm für Unterschicht-Angehörige fehlt weitgehend. Daher ist für diese Klientel auch heute noch die psychiatrische Klinik der Anlaufort und die fachfremd veranlaßte Einweisung die Regel.

Die Expertenkommission der Bundesregierung hat im November 1988 aufgrund dieser Situation u.a. folgende Empfehlungen und Forderungen formuliert: Ambulante Hilfe soll Vorrang vor stationärer haben. Ferner wurde die Notwendigkeit der Kooperation von therapeutischen Institutionen und Personen gefordert und ausdrücklich die Notwendigkeit ambulanter Krisenhilfen im Rahmen von gemeindenaher Psychiatrie benannt. Im fachlichen Kontext seien sachlich richtige und menschlich angemessene Formen der Hilfen zur Verfügung zu stellen.

Krisenhafte Zustände ereignen sich nicht nur bei psychisch kranken Menschen. Psychische Ausnahmezustände können infolge von Partnerschaftsproblemen, zwischenmenschlichen Auseinandersetzungen, beruflichen Mißerfolgen o.ä. bei vielen Menschen auftreten und zu Verzweiflung, Suizidalität, zu depressiven Verstimmungen oder aggressiven Entgleisungen führen.

Solche krisenhaften Zuspitzungen können Grade erreichen, die aus eigener Kraft nicht mehr zu bewältigen sind. Professionelle Hilfe kann in entsprechenden Situationen lebenswichtig werden.

Der Krisendienst Bielefeld wurde deshalb ausdrücklich auch für nicht psychiatrisch kranke Menschen eingerichtet. Er wurde von Anfang an mit psychosozialer und sozialpsychiatrischer Qualifikation und Kompetenz ausgestattet. Vor diesem Hintergrund arbeiten beim Krisendienst Bielefeld MitarbeiterInnen aus der psychiatrischen Klinik, den Beratungsstellen freier Träger und dem Sozialpsychiatrischen Dienst des Gesundheitsamtes zusammen (s.u.).

Zur Begriffsbestimmung von Krise und Krisenintervention

Als der Krisendienst in Bielefeld seine Arbeit begonnen hatte, gab es einerseits keine konkreten Vorstellungen über das Ausmaß der zu erbringenden Leistungen, andererseits aber auch nicht über die tatsächlichen inhaltlichen Anforderungen an den Dienst.

Die konzeptionelle Entwicklung des Krisendienstes vollzog sich weitgehend orientiert am praktischen Tun (learning by doing). Die schriftliche Formulierung einer Konzeption haben wir relativ spät nach ausführlicher inhaltlicher Diskussion im Dezember 1990 vorgelegt (AG Krisendienst Bielefeld, 1990).

Durch unsere Erfahrungen und aufgrund inhaltlicher Auseinandersetzungen mit der Problematik wurde deutlich, daß in Bielefeld in der psychosozialen/sozialpsychiatrischen Versorgung Lücken vorhanden sind, die geschlossen werden müssen. Wir haben daher auch versucht, Konsequenzen für die Weiterentwicklung der psychosozialen Versorgung zu benennen.

Unser Krisenverständnis orientiert sich weitgehend an der Begriffsdefinition von Caplan (1964), der als Begründer der Krisentheorie gilt und Krise definiert "... als Situation, die dann entsteht, wenn sich eine Person Hindernissen auf dem Weg zur Erreichung wichtiger Lebensziele gegenübersieht und diese Hindernisse nicht mit den üblichen Problemlösungsmethoden bewältigen kann; durch die Krise gerät die Person aus dem Gleichgewicht (Homöostase), in dem sie sich üblicherweise befindet, in einen Zustand des Ungleichgewichts und der Desorganisation...".

Als allgemeine Merkmale von psychosozialen Krisen betrachten wir

- Krisen als existentielle Bedingungen;
- Krisen als Gefahren und Chancen;
- lebensgeschichtliche und situative Aspekte von Krisen;
- personale und soziale Aspekte von Krisen.

Wir orientieren uns an dem allgemeinen Rahmenmodell nach Fallon, Boyd und Mc-Gill (1984) und beziehen folgende Komponenten ein:

- Streß,
- Zeit,
- Verletzlichkeit,
- Grenzbereich,
- Dekompensation.

Zu diesem Rahmenmodell lassen sich nach Häfner und Helmchen (1978) Krisen unterschiedlicher Qualität und unterschiedlicher Gefährdungsgrade verschiedenen institutionellen und professionellen Hilfsangeboten zuordnen:

"Normale" Krisen. Hierzu zählen neben allgemeinen menschlichen Reifungskrisen wie Trennung, Verlust, Ablösung von der Primärfamilie etc. auch längerandauernde Belastungen. In einem relativ intakten Sozialsystem lassen sich solche allgemeinen menschlichen Krisen von den Betroffenen häufig ohne professionelle Helfer eigenständig verarbeiten. Institutionelle Hilfen spielen hier allenfalls am Rande und erst bei drohendem Scheitern von Bewältigungsversuchen eine Rolle.

"Pathologische" oder existentielle Krisen. In diesem Bereich droht oder beginnt teilweise oder vollständig die Destabilisierung des Gleichgewichts z.B. dadurch, daß mehrere akute Belastungen zusammenkommen oder überdauernde Belastungen zunehmen oder ein intaktes, bisher stützendes System nicht mehr vorhanden oder vom Zusammenbruch bedroht ist.

Solche pathologischen und existentiellen Krisen erfordern in der Regel den Einsatz professioneller Helfer, ergänzt und unterstützt durch nicht-professionelle Unterstützung. Gefragt sind hier nach Häfner und Helmchen (1978) vor allem Sozialarbeiter/ -pädagogen/innen in Beratungsstellen und allgemeinen sozialen Diensten.

Die Hauptzuständigkeit des Krisendienstes setzt dagegen erst im oberen Grenzbereich der pathologischen Krisen ein: dort nämlich, wo ein Individuum und sein soziales System unmittelbar vom Zusammenbruch bedroht sind, Ausmaß und Akutheit der Krise keinen Aufschub dulden, die unmittelbare Gefahr schwerwiegender negativer Folgen gegeben ist (Abb. 1).

In dieser Situation ist praktisch jedes Mittel recht, um die von vollständiger Dekompensation bedrohte Person und ihr unmittelbares soziales System kurzfristig zu stabilisieren. Durch die kurzfristige Verhinderung des totalen Zusammenbruchs soll die Möglichkeit eröffnet werden, längerfristige Hilfsmöglichkeiten anzunehmen, um eine dauerhafte Stabilisierung zu erreichen.

Psychiatrischer Notfall. Dieser tritt ein, wenn die Destabilisierung des krisenhaften Systems soweit fortgeschritten ist, daß der Zusammenbruch nicht mehr aufzuhalten ist. Die dann auftretenden Symptome - sei es eine akute Psychose, eine Suizidhandlung, ein Erregungszustand, ein Delir, ein Verwirrtheitszustand etc. - machen bei hoher Prozeßgeschwindigkeit die unmittelbare medizinisch-psychiatrische Intervention erforderlich.

Willigt der Betroffene in die Behandlung nicht ein, ist aber Selbst- und/oder Fremdgefährdung gegeben, kann diese Intervention auch gegen seinen Willen notwendig werden, notfalls auch mit Hilfe der Polizei. Die Zuständigkeit des Krisendienstes beschränkt sich in dieser Eskalationsstufe auf die möglichst unverzügliche Abklärung der Situation und die Einschaltung der zuständigen ärztlichen Stellen.

Sowohl das Rahmenmodell des Krisenprozesses nach Fallon et al. (1984) als auch das Versorgungsmodell von Häfner und Helmchen (1978) erlauben eine recht präzise Bestimmung der Zuständigkeiten des psychosozialen Krisendienstes. Der Schwerpunkt liegt unmittelbar am bzw. im Grenzbereich zwischen gerade noch gegebener Stabilität und totalem Zusammenbruch des Systems, zwischen der akut

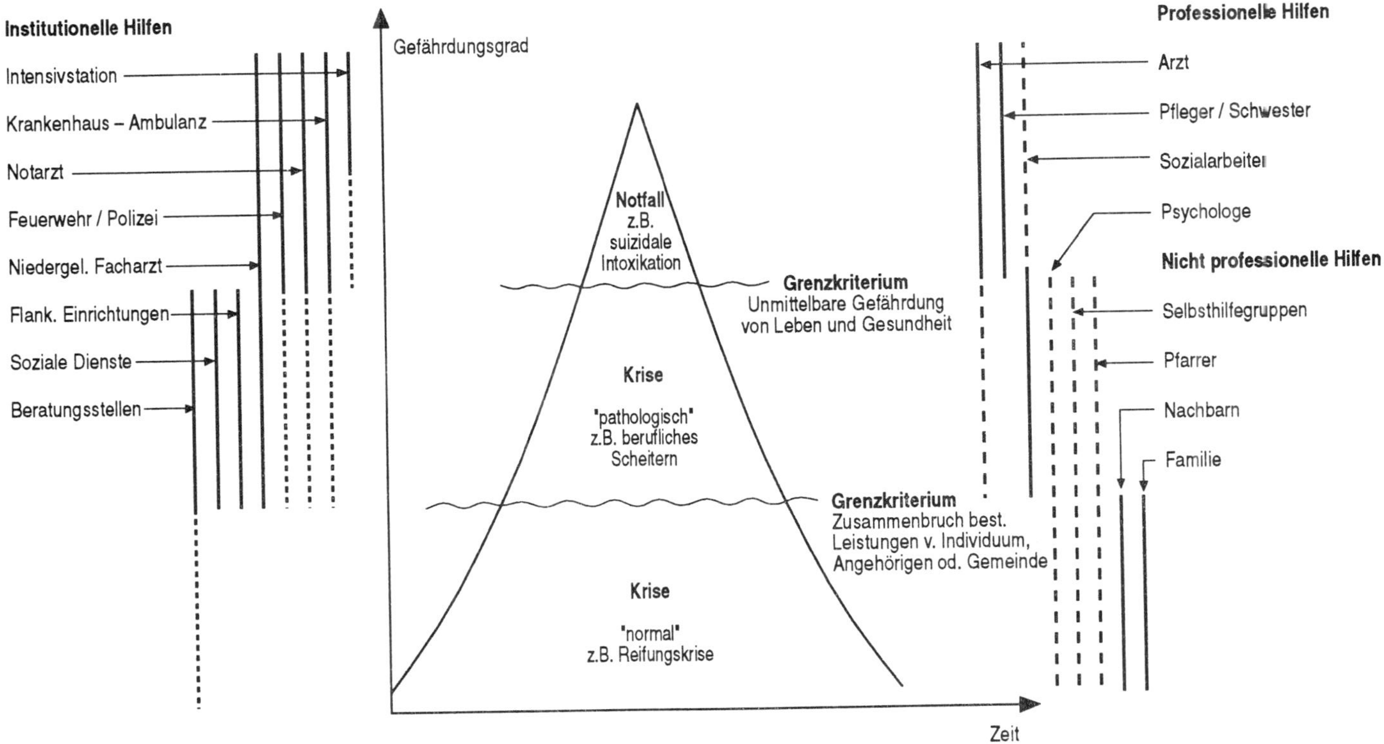

Abb. 1: Adäquate Versorgung von Notfällen und Krisen durch institutionelle, professionelle und nicht-professionelle Hilfen. Notwendige Zuordnung: –, Mögliche Zuordnung - - - - . (aus Häfner & Helmchen 1978, S. 86)

zugespitzten "pathologischen" Krise und dem psychiatrischen Notfall. Das unmittelbare Vorfeld der akut zugespitzten Krise wäre also der Beginn; das Ende ist definitiv erreicht mit der Abklärung und Überleitung des Notfalls in die medizinisch-psychiatrische Kompetenz.

Zum Verhältnis von psychosozialer Krise und psychiatrischem Notfall läßt sich daher feststellen, daß jeder psychiatrische Notfall - zumindest im Vorfeld - immer auch eine psychosoziale Krise ist. Umgekehrt gilt dies jedoch nicht: Nicht jede psychosoziale Krise ist ein oder wird zu einem psychiatrischen Notfall.

Der Begriff der psychosozialen Krise ist daher der umfassendere. Der genannten definitorischen Festlegung, daß Kompetenz und Zuständigkeit des Krisendienstes dann aufhören, wenn die psychosoziale Krise zum psychiatrischen Notfall wird, trägt die Bezeichnung *psychosozialer* Krisendienst Rechnung.

Krisenintervention ist jede Form psychosozialen Handelns, die darauf ausgerichtet ist, ein von Destabilisierung oder Zusammenbruch bedrohtes System kurzfristig zu restabilisieren. Zu den Zielen von Krisenintervention gehören:

- Stützung der Selbsthilfekräfte der oder des Betroffenen und seiner Umgebung;
- Übernahme der Funktion der "stellvertretenden Hoffnung" durch den Helfer/die Helferin;
- Rückgriff auf bewährte Lösungsstrategien der Vergangenheit, wo möglich; Entwurf neuer Handlungsstrategien, wo nötig;
- produktive und unproduktive Problemlösungsstrategien bewußt gegeneinander abwägen;
- Eröffnung längerfristiger Perspektiven und Hilfsangebote.

Krisen können an jedem Ort und an jedem Tag des Jahres auftreten und tun dies auch. Demzufolge besteht auch jederzeit ein potentieller Bedarf an professioneller Krisenintervention. Die Deckung dieses Bedarfs läßt sich nur bei einer begrenzten Zahl von Fällen zeitlich verschieben, etwa auf übliche Dienstzeiten ambulanter Einrichtungen.

Aber selbst die diagnostische Abgrenzung solcher Krisen, die ein unverzügliches professionelles Handeln erfordern, von jenen, die einen Aufschub der Intervention zulassen, erfordert in der Regel hohe fachliche Kompetenz. Insofern müssen fachlich qualifizierte psychosoziale/sozialpsychiatrische Hilfen in Krisen jederzeit verfügbar sein, um eine wirklich bedarfsgerechte Versorgung der Bevölkerung einer Region sicherzustellen. Im allgemeinen kann davon ausgegangen werden, daß an Werktagen zwischen 8 und 18 Uhr durch Ärzte, Ambulanzen, Sozialpsychiatrischen Dienst, Gesundheits- und andere Behörden sowie sonstige psychosoziale Dienste, Beratungsstellen etc. eine Notfall- und Krisenmindestversorgung abgedeckt ist. In den Abend- und Nachtstunden, an Wochenenden und an Feiertagen sieht das in der Regel anders aus. Dann sind es zumeist die Polizei, der allgemeinärztliche Notdienst und die Aufnahmestationen der zuständigen Krankenhäuser, die die ambulante Notfallversorgung sicherstellen. Diesen Zustand galt es zu ändern, als wir 1985 in Bielefeld begonnen haben, über die Einrichtung eines ambulanten psychosozialen Krisendienstes zu diskutieren und ihn schließlich Ende 1986 installiert haben.

Der Krisendienst Bielefeld

Es handelt sich um einen träger- und institutionsübergreifenden ambulanten Notdienst, der außerhalb der "normalen" Sprechzeiten der Beratungsinstitutionen und Ämter täglich von 18 Uhr bis 8 Uhr, an Wochenenden und Feiertagen rund um die Uhr bereitgestellt wird.

Der Dienst steht allen Bielefelder Bürgern zur Verfügung, die sich in psychosozialen Krisen befinden und/oder in sozialpsychiatrische Notfallsituationen geraten. Er ist mobil und in der Lage, fachlich qualifizierte Hilfe unverzüglich anzubieten. Er optimiert damit die Qualität des Krisenhilfsangebotes der psychosozialen/psychiatrischen Versorgung in Bielefeld.

Sein Dienstsitz ist das Gesundheitsamt. Die Federführung und Koordination liegen dort beim Sozialpsychiatrischen Dienst. Der Krisendienst ist unmittelbar erreichbar und seine Telefonnummer ist öffentlich bekannt. Im Krisendienst arbeiten je zwei im psychosozialen Feld tätige, erfahrene Mitarbeiter/innen der Stadt und der Freien Wohlfahrtsverbände als "Tandem" zusammen. Eine erforderliche Krisenintervention kann telefonisch, persönlich im Krisendienstbüro oder beim Besuch vor Ort - Klientenwohnung, Klinik, Polizei etc. - bearbeitet werden.

Der Krisendienst ist außerhalb normaler Dienstzeiten mit der Wahrnehmung des ordnungsbehördlichen Unterbringungsauftrages nach PsychKG beauftragt. Er kann bei seiner Arbeit auf den inzwischen eingerichteten Ringdienst der niedergelassenen Nervenärzte zurückgreifen.

Der Krisendienst, als Bereitschaftsdienst konzipiert, wird finanziell weitgehend von der Stadt Bielefeld getragen. Zur Ableistung der rund 480 Schichten jährlich waren im gemeindepsychiatrischen Haushaltsansatz zur Finanzierung der Schichten der Freien Träger im Jahre 1992 130.000 DM eingesetzt. Einzelheiten sind in Honorarverträgen zwischen Stadt Bielefeld und Freien Trägern geregelt. Das städtische Personal (z.Zt. 5 halbe Stellen) ist im kommunalen Stellenplan ausgewiesen.

Die Mitarbeiter/innen sind zum Bereitschaftsdienst in den Räumlichkeiten des Gesundheitsamtes untergebracht und sind bei einem Kriseneinsatz innerhalb und außerhalb des Hauses gemeinsam an der Krisenintervention beteiligt und als Team in der Lage, auch schwierige Situationen vor Ort fachlich abzuklären und zu bearbeiten. Über jeden Einsatz wird eine Fall- und eine Zeitdokumentation angefertigt.

Zentrales Merkmal der Konzeption des Bielefelder Krisendienstes ist seine trägerübergreifende Organisationsstruktur. Es wurde seit der Installation des Dienstes angestrebt, all jene Dienste und Einrichtungen bei der Sicherstellung der rund 40 Schichten monatlich einzubeziehen, die im Kernbereich der ambulanten und teilstationären Versorgung psychisch kranker und suchtkranker Menschen tätig sind. Gegenwärtig wird mit 23 Institutionen kooperiert, von denen etwas mehr als die Hälfte tatsächlich durch Mitarbeiter/innen am Krisendienst beteiligt sind. Obwohl noch einige Partner/innen fehlen, kann doch als Erfolg gewertet werden, daß eine solche Vielzahl von Institutionen trägerübergreifend in einem Projekt zusammenarbeitet und fachlich qualifizierte Rund-um-die-Uhr-Versorgung für Menschen in Krisensituationen sicherstellt. Im Hinblick auf die Qualifikation und Anzahl der beteiligten Mitarbeiter/innen ist über die Jahre feststellbar, daß eine erhebliche Verbesserung des Standards erreicht wurde.

Daten zur Inanspruchnahme

Wir stellen fest, daß die Inanspruchnahme seit 1987 stetig gestiegen ist. In 1991 haben 2.130 Klienten/innen Kontakt zum Krisendienst aufgenommen (einschließlich Mehrfachkontakte). Dies entspricht etwa 175 Kontakten pro Monat. Gegenüber dem ersten Auswertungszeitraum mit etwa 90 Kontakten pro Monat, hat sich die Anzahl also fast verdoppelt. Die Akzeptanz des Krisendienstes bei Klienten/innen und kooperierenden Einrichtungen scheint erheblich gewachsen zu sein.

Ähnlich verhält es sich mit der zeitlichen Auslastung des Dienstes. Diese lag im ersten Auswertungszeitraum zwischen 12 und 21% der Bereitschaftsdienstzeit und erreichte in 1991 eine Durchschnittsauslastung von ca. 32%. Entsprechend groß ist damit die Belastung für die Mitarbeiter/innen geworden. Etwa je zur Hälfte handelt es sich bei den Einsatzanlässen um psychische Erkrankungen im eigentlichen Sinne und zum anderen um unterschiedlichste psychosoziale Problemlagen.

Die Gesamtzahl der Interventionen hat sich von rund 1.900 im Jahre 1987 auf 4.400 in 1991 mehr als verdoppelt (Mehrfachnennungen je Klient/in möglich). Dabei stieg der Anteil der telefonischen Beratungen kontinuierlich, ihr relativer Anteil beträgt ca. 80%. Ebenfalls angestiegen ist die Zahl der Interventionen außerhalb der Diensträume des Krisendienstes (Haus- und Klinikbesuche, Diensträume der Polizei etc.).

Der Krisendienst ist wie bereits erwähnt auch für die stationäre Unterbringung nach PsychKG mit zuständig. Hier stellten wir für 1991 erfreulicherweise erstmals eine rückläufige Entwicklung fest. Detaillierte statistische Daten sind im Jahresbericht des Bielefelder Krisendienstes veröffentlicht (Arbeitsgemeinschaft Krisendienst Bielefeld 1992).

Perspektiven für den Bielefelder Krisendienst

Durch die trägerübergreifende Organisation des Krisendienstes und seine Beziehung zu zentralen Bereichen der psychosozialen Versorgung hat sich der Dienst als sensibles Instrument der Erkennung von Schwachstellen im Versorgungssystem erwiesen. Ich habe darauf schon hingewiesen:

- Die Aufgaben der Mitarbeiter/innen lassen sich weder zeitlich noch konzeptionell auf die Tätigkeit während einer Krisenschicht ausschließlich begrenzen, d.h. es sollten zusätzliche Zeitkontingente zur Verfügung gestellt werden.
- Die Lücken im Versorgungssystem werden zudem deutlich bei der Frage der Weitervermittlung von Krisenfällen in ambulante Betreuung. Eine geglückte Überleitung von weitergehenden Hilfen sichert im Regelfall den Erfolg der Krisenintervention; wird sie versäumt, ist die Krisen-Bewältigung im besten Falle erfolglos, im schlechteren Falle sogar schädlich und krisenfördernd. Eine solche Überleitung erfordert allerdings häufig eine Verlängerung der Arbeitszeit über die Krisenschicht hinaus und strapaziert damit das persönliche Zeitbudget.
- Für die ambulanten Dienste wäre erforderlich, daß diese nach der betreffenden Krisenschicht zeitnah bzw. unverzüglich einen Termin anbieten und wenn nötig auch vor Ort tätig werden könnten. Die derzeitige Struktur vieler Dienste läßt dies nicht zu und ist somit nicht krisengerecht. Es herrschen Wartelisten, terminliche Festlegungen und Komm-Struktur vor. Es fehlen vielfach zeitnahe, flexible und mobile Hilfen. Dies trifft insbesondere mit Blick auf chronisch kranke und massiv problembelastete Klienten zu. Diese werden in Bielefeld weitgehend vom Sozialpsychiatrischen Dienst "versorgt", dessen personelle Ausstattung jedoch so bemessen ist, daß den fachlichen Ansprüchen an eine moderne psychiatrische Versorgung kaum nachgekommen werden kann.

Anläßlich des 5-jährigen Bestehens des Krisendienstes hat vom 20.05. bis 22.05. 92 in Bielefeld eine Fachtagung mit internationalem Erfahrungsaustausch zum Thema "Außerstationäre Krisenintervention und Notfallpsychiatrie" stattgefunden. Die Beiträge der Tagung wurden von Wienberg (1993) publiziert. Um einen Eindruck vom Stand der Fachdiskussion der kommunalen Krisendienste zu vermitteln, werden im vorliegenden Band Auszüge eines Workshops mit Praktikern/innen und Krisendienstmanagern/innen aus mehreren europäischen Städten wiedergegeben.

Krisenberatung in Zeiten gesellschaftlichen Umbruchs: Erfahrungen des Berliner Telefon des Vertrauens in den Jahren 1989-1991

Jörg Richter

Zur Einrichtung und ihrer Klientel

Das "Telefon des Vertrauens - Krisenberatung e.V." gibt Menschen, die sich in Not- und Krisensituationen befinden, bei Einsamkeit und Krankheit die Möglichkeit, anonym und kostenlos mit anderen Menschen Kontakt aufzunehmen. Die Kontaktaufnahme kann zum einen telefonisch erfolgen. Psychotherapeutisch ausgebildete Ärzte und Psychologen sind bereit, die Anrufenden anzuhören und ein hilfreiches Gespräch zu führen.

Zum anderen besteht die Möglichkeit, ein oder mehrere persönliche Gespräche in den Räumen der Beratungsstelle zu führen. Aus Gründen der Anonymität wird auf eine Aktenführung verzichtet. Die Betroffenen können in der gesamten Zeit der Krisen- bzw. Konfliktsituation Gespräche und Beratung finden.

Das Ziel der Beratungsgespräche ist nicht die Durchführung einer Therapie, sondern der Versuch, den gegenwärtigen Krisen- und Konfliktzustand gemeinsam zu bewältigen und den betroffenen Menschen zu befähigen, nach der Beratung eine geeignete Therapie aufzunehmen. Viele Anrufer, die sich in schweren Krisen- und Konfliktsituationen befinden, suchen nach einem ersten telefonischen Kontakt das persönliche Gespräch in der Krisenberatung.

Das Telefon des Vertrauens und die Krisenberatungsstelle wurden 1988 im Ostteil Berlins gegründet und dem öffentlichen Gesundheitswesen angeschlossen. 1991 erfolgte die schrittweise Übernahme in freie Trägerschaft.

Die mit der Einheit Deutschlands verbundene Veränderung in den gesellschaftlichen Strukturen, die zu einer sehr großen Verunsicherung der Menschen geführt hat, schlägt sich auch in der Veränderung der Gesprächsinhalte und in der Symptomatik der Klienten in der Krisenbratung nieder. Arbeitslosigkeit, unsichere soziale Perspektive, abruptes Beenden der Berufstätigkeit, Zunahme der Gewalt in der Stadt auf der einen Seite, aber auch die Zunahme der Selbständigkeit, die Annahme von Verantwortlichkeit und das Übernehmen von Risiken führen bei vielen Menschen zu großen psychischen Belastungen bzw. Überlastungen. Die Folge sind individuelle Krisen, die in unterschiedlichen Formen manifest werden: Ängste, Formen der psychischen Dekompensation, psychosomatische Beschwerden, Alkoholismus und im Ansteigen von Suizidgedanken bzw. Suizidversuchen. Aber auch im familiären Bereich, im sozialen Umfeld bzw. in der Arbeitswelt werden gehäuft soziale und persönliche Konflikte erlebt. Die bisherigen individuellen Strategien der Konfliktbewältigung erweisen sich zunehmend als nicht mehr tauglich. Neue müssen in schwierigen Lernprozessen erworben werden. Das führt zu weiteren Belastungen.

Diese Probleme treten besonders in Berlin als dem "Brennpunkt der Einheit" deutlich in Erscheinung. Hier sind die Konflikte schärfer und werden von den Menschen als bedrohender erlebt.

Veränderungen in Zahlen

Im folgenden erfolgt ein Überblick über die Veränderungen in Struktur und Inhalt der Gespräche am Telefon des Vertrauens in den Jahren 1989 bis 1991. Diese Darstellung bezieht sich auf alle Anrufer. Zur besseren Übersichtlichkeit erfolgt eine Unterteilung in Halbjahreszeitabschnitte.

Tab. 1: Anzahl der Anrufer pro Halbjahr

I/1989	II/1989	I/1990	II/1990	I/1991	II/1991
9081	8912	7832	7923	7047	8112

Tab. 2: Durchschnittliche Dauer der Gespräche (in Minuten)

I/1989	II/1989	I/1990	II/1990	I/1991	II/1991
14,0	15,3	17,2	21,0	34,6	37,7

1991 erfolgte ein dramatischer Anstieg der Gesprächsdauer. Mit über 25% der Anrufer wurden Gespräche zwischen 30 und 60 Minuten geführt. Dieser Anstieg ist vor allem auf die größere Konflikttiefe und die Betroffenheit über den erlebten Wechsel in der individuellen Lebensperspektive zurückzuführen. Vor allem alleinstehende Menschen, insbesondere Frauen, wendeten sich im letzten Jahr verstärkt an das Telefon des Vertrauens.

Tab. 3: Geschlecht der Anrufer/innen (in %)

Geschl.	I/1989	II/1989	I/1990	II/1990	I/1991	II/1991
weibl.	52,4	60,0	63,5	65,0	65,0	64,9
männl.	36,0	37,5	35,5	33,0	33,0	35,0

Tab. 4: Familienstand der Anrufer (in %)

Fam.stand	I/1989	II/1989	I/1990	II/1990	I/1991	II/1991
ledig	22,4	23,7	28,0	22,0	20,0	19,5
geschieden	11,3	11,0	10,4	14,2	24,8	31,4
getrennt	1,5	0,8	0,6	1,1	0,9	0,8
verwitwet	4,0	3,3	4,3	4,4	4,3	6,2
verheiratet	24,3	27,0	22,2	23,0	20,0	20,0
fester Partner	3,3	3,4	4,1	3,8	4,1	5,2
unbekannt	33,0	30,0	30,0	31,0	29,0	16,9

Inhalte der Gespräche

Beschreibungsgesichtspunkte der Dokumentation

In Abbildung 1 (siehe S. 53) ist das Schema der Dokumentation der Gesprächsinhalte wiedergegeben. Dieses Dokumentationsschema wurde 1988 von der Telefonseelsorge Deutschland übernommen. In Tabelle 5 (siehe S. 54) erfolgt ein Überblick über die Veränderung der Gesprächsinhalte in den Bereichen Anlaß, psychische Reaktion und Erwartung des Anrufers. Auffallend ist die Erhöhung im Bereich "Lebensereignisse/Lebenssituationen".

Dieser Anstieg ist vor allem auf die 150%-Steigerung von Gesprächen mit Inhalten von Krankheiten/Behinderung zurückzuführen (vgl. Tab. 6, S. 55). Hier zeigt sich ganz deutlich eine Tendenz, individuelle Konflikte, Probleme, die mit dem Ausscheiden aus dem Arbeitsleben verbunden sind und individuelle Verunsicherung mit körperlichen Symptomen zu verarbeiten. Schlafstörungen, Herz-Kreislauf- und Magenbeschwerden, Ängste und Depressionen sind oftmals die Anlässe für Anrufer. Erst im längeren Gespräch wird der dahinterliegende Konflikt deutlich und ist mit dem Anrufer zu besprechen. Hintergrund für diese Symptome sind in vielen Fällen bewußt erlebte oder empfundene Identitätskrisen, die mit der Veränderung der Verhältnisse nach der "Wende" in Deutschland verbunden sind.

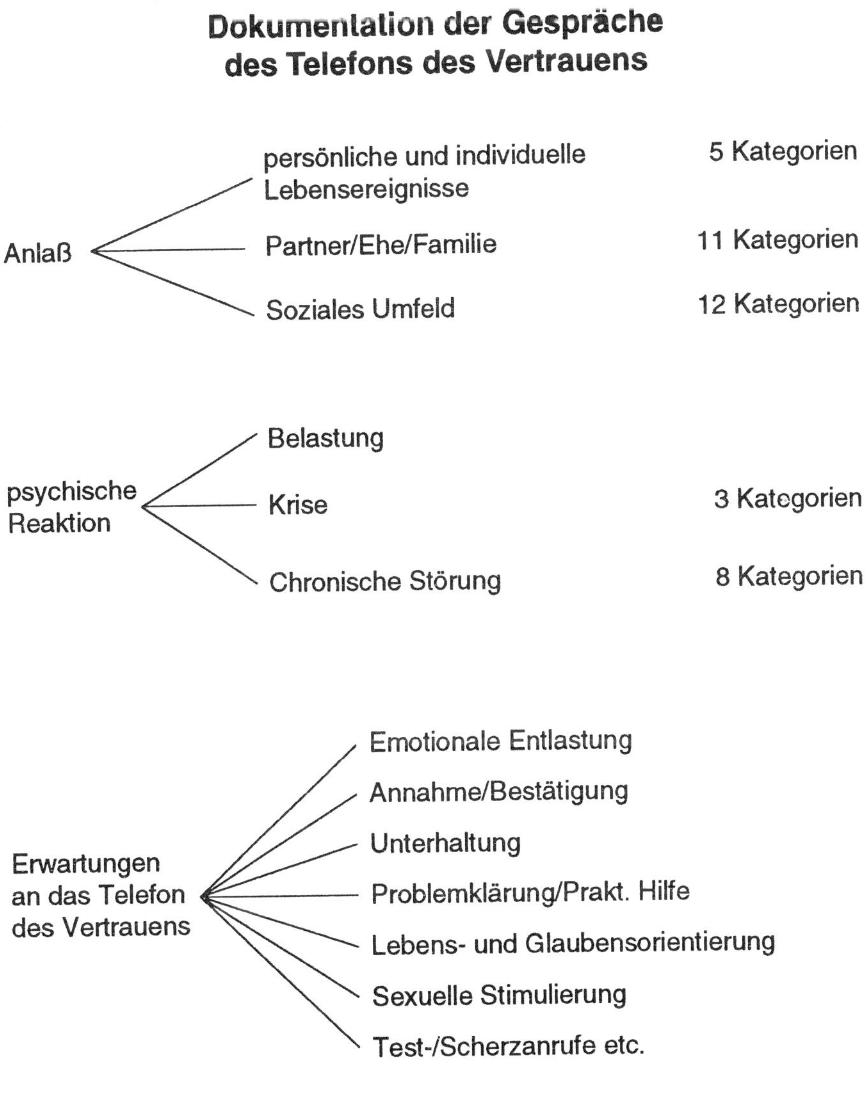

Abb. 1: Dokumentationsschema

Tab. 5: Gesprächsinhalte 1989–1991 (Prozentangaben)

	I/1989	II/1989	I/1990	II/1990	I/1991	II/1991
Anlaß						
Persönliche/individuelle Lebensereignisse	30,5	34,7	36,8	42,5	45,0	52,1
Partner/Ehe/Familie	32,7	34,0	32,4	27,8	27,6	23,3
Soziale Umwelt	10,4	17,0	17,7	18,6	17,2	17,2
Sonstiges/unbekannt	26,0	17,3	13,2	11,2	10,1	7,3
Psychische Reaktion						
Belastung	32,0	34,7	39,6	37,3	33,1	28,9
Krise	19,1	20,3	18,4	18,3	19,1	20,6
Chronische Störung	15,7	16,4	17,3	24,0	30,4	35,3
Sonstiges	33,2	28,7	24,8	20,4	17,4	15,2
Erwartungen an das TdV (ausgewählte Bereiche)						
Emotionale Entlastung	10,8	12,4	15,5	21,0	28,5	37,4
Annahme/Bestätigung/Ermutigung	7,5	8,7	10,1	13,0	13,0	11,2
Problemklärung	13,6	12,5	13,1	11,5	9,8	8,9
Anregung zu selbständiger Bewältigung	17,0	21,3	19,2	15,5	16,5	14,0
Information über andere Beratungsangebote	7,3	7,5	6,0	4,0	4,5	3,0
Allgemeine Informationen	6,5	8,6	8,0	7,0	5,0	3,5

Tab. 6: Die Entwicklung ausgewählter Bereiche 1989–1991 (Prozentangaben)

	I/1989	II/1989	I/1990	II/1990	I/1991	II/1991
Alleinsein, Vereinsamung	6,2	6,9	4,7	6,8	6,0	6,3
Krankheit, Behinderung	11,7	13,0	19,6	26,3	26,8	35,4
Sexualität	7,9	10,2	11,0	8,3	7,1	5,5
Belastung durch Probleme des Partners/eines Familienmitglieds	9,4	9,0	8,6	7,0	6,3	5,2
Arbeitslosigkeit/finanzielle Notlage	2,9	3,9	6,2	7,9	7,8	7,2
Sexualität in der Beziehung	3,5	2,5	2,4	1,5	1,2	0,9
Erziehungsfragen	1,5	1,8	3,4	2,9	3,1	2,2
Suizidale Krisen	0,9	1,3	1,9	1,5	2,6	2,2
Störung der Wahrnehmung, Psychotische Störung	0,7	1,0	1,3	7,1	15,0	20,0
Abhängigkeit (Alkohol, Medikamente)	5,0	6,0	4,7	5,0	5,3	5,2

Derartige "Wendekrisen" kommen u.a. in der abrupten Veränderung von Lebensverhältnissen, Orientierungslosigkeit, Hilflosigkeit, Wut aber auch Aggression gegen sich selbst und andere zum Ausdruck.

Angestiegen sind im letzten Jahr die Anrufe, die sich direkt (und nicht vermittelt) auf Probleme der Arbeitslosigkeit/finanzielle Notlagen beziehen. Das sind Probleme, mit denen die Menschen der ehemaligen DDR unvorbereitet konfrontiert werden. Im Bereich der psychischen Reaktionen ist die deutliche Steigerung der chronischen Störungen auffallend. Angstzustände, depressive Verstimmungen und vor allem psychotische Störungen haben deutlich zugenommen. An dieser Stelle muß angeführt werden, daß eine Anzahl von Daueranrufern mit den genannten Symptomen die statistischen Werte beeinflussen. Aber gerade auch für diese Menschen, die eine stationäre Behandlung ablehnen, ist das TdV die einzige Anlauf- bzw. Kontaktstelle. Das Angebot eines Gesprächs am Telefon führt dazu, daß diese Menschen über viele Krisen hinwegkommen und damit in ihrer sozialen Umgebung leben bleiben können.

Das Problem des Drogenmißbrauchs ist als Gesprächseinheit über die letzten drei Jahre relativ konstant geblieben. Im letzten Jahr zeigte sich aber, daß vor allem betroffene Familienangehörige immer mehr unsere Institution als Anlauf- und Auskunftspunkt benutzen. Sie holen sich Rat, welche Möglichkeiten der Beratung und Therapie in Berlin vorhanden sind. Vor allem viele Männer, durch die Umstellung der Lebensverhältnisse arbeitslos geworden, versuchen, individuelle Konflikte durch Alkoholkonsum zu bewältigen.

Geschlechtsspezifische Unterschiede in den Gesprächsinhalten

In den Inhalten des Gesprächs gibt es deutliche, geschlechtsspezifische Unterschiede. In den folgenden Abbildungen sollen die wesentlichen Bereiche dargestellt werden (wiedergegeben sind die Ergebnisse für die Jahre 1990 und 1991). In Abbildung 2 sind die Veränderungen im Bereich "Individuelle Lebensereignisse" mit den Untergruppen Alleinsein (Abb. 3), Krankheit (Abb. 4) und Sexualität (Abb. 5) dargestellt.

Es zeigt sich, daß insbesondere Frauen sich zunehmend mehr mit somatischen Symptomen an das Telefon des Vertrauens wenden. Dahinter verbergen sich in der meisten Anzahl der Fälle psychosomatische Beschwerden. Schlafstörungen, Unruhe, Antriebslosigkeit sind vielfach Reaktionen auf ungesicherte Lebensperspektiven. Interessant ist die Abnahme der Anrufe mit sexuellem Inhalt. Mit dem Fall der Berliner Mauer fielen auch die "Mauern" in den Sexualtabus.

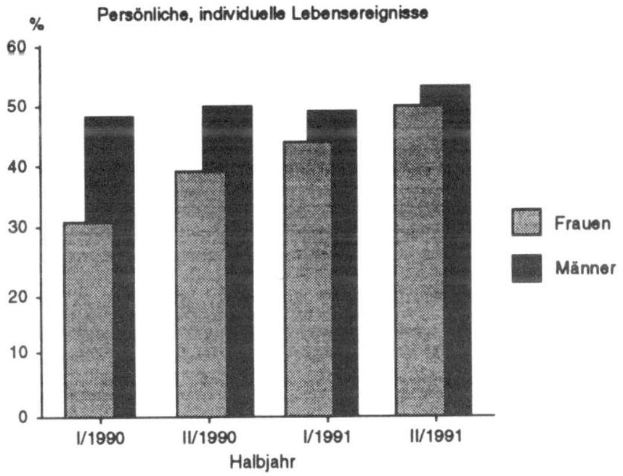

Abb. 2

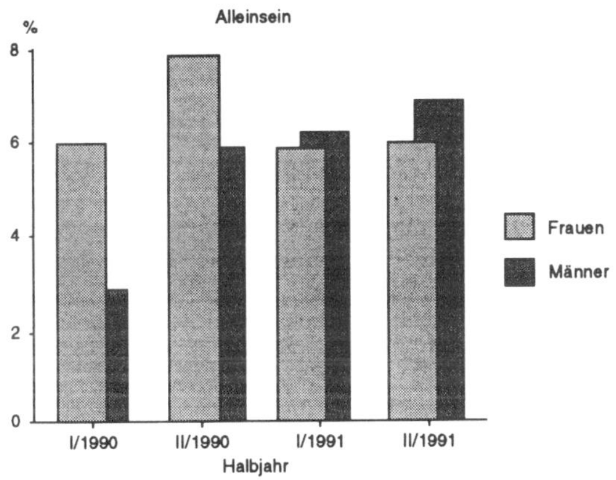

Abb. 3

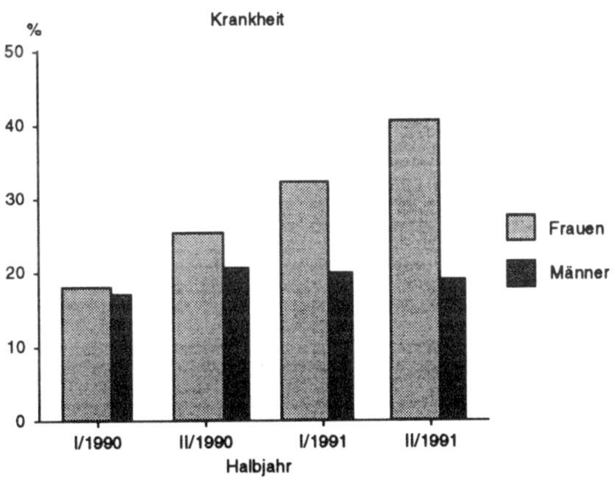

Abb. 4

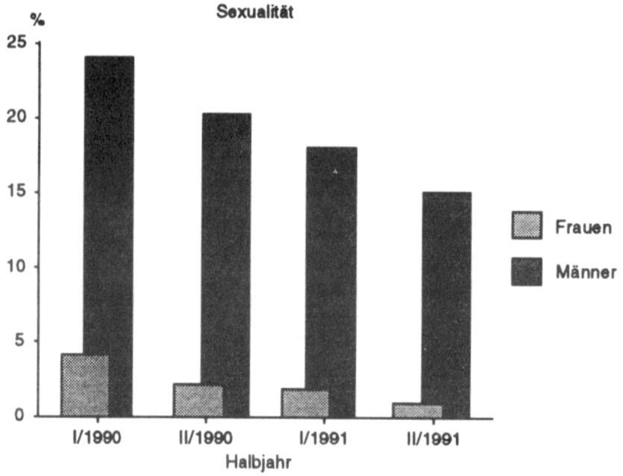

Abb. 5

Im Bereich der Probleme, die Partnerschaft, Ehe und Familie betreffen, ist eine leichte Abnahme zu verzeichnen (vgl. Abb. 6). Wir interpretieren diese Abnahme damit, daß in den Partnerschaften und Familien zum einen neue Ziele und Aufgaben entstanden sind und zum anderen in Zeiten der materiellen Unsicherheiten Trennungen und Scheidungen mit erhöhtem Risiko verbunden sind.

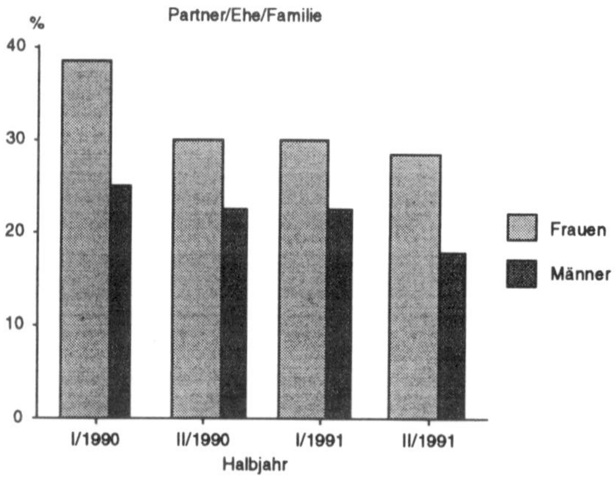

Abb. 6

Besorgniserregend ist der starke Anstieg der chronischen Störungen (vgl. Abb. 7). Darunter fallen Angstzustände und Zwänge, depressive und manische Störungen der Stimmung, sexuelle Störungen, Abhängigkeit von Drogen und Störungen der Wahrnehmung und des Denkens, z.B. psychotische Störungen. Insbesondere ist ein dramatischer Anstieg von Dekompensationen aufgrund der erlebten hohen psychischen Belastung bzw. Überlastung zu registrieren (vgl Abb. 8). Hiervon sind Frauen, vor allem im Altersbereich von 40 bis 60 Jahren, überproportional betroffen.

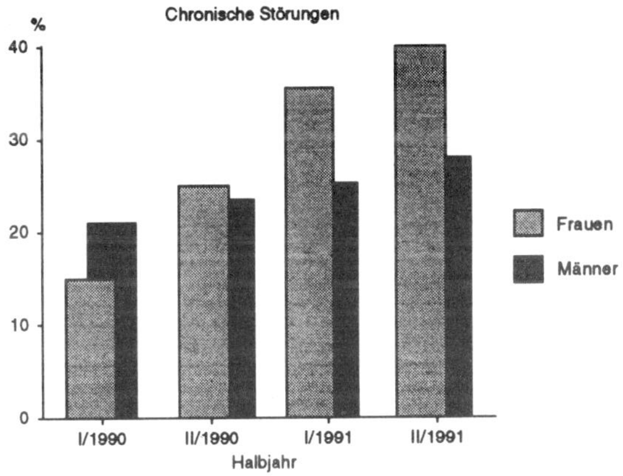

Abb. 7

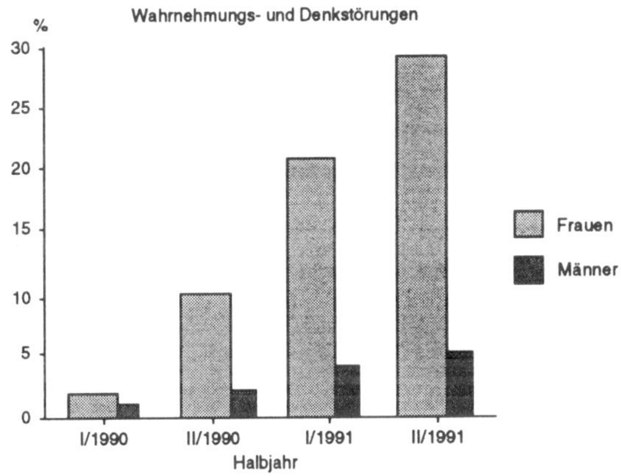

Abb. 8

Im Bereich der Abhängigkeit von Alkohol und Medikamenten sind es überdurchschnittlich viele Männer, die sich an das Telefon des Vertrauens wenden (Abb. 9). Harte Drogen, z.B. Heroin, Kokain spielen derzeit noch keine Rolle.

Der Anteil der suizidalen Krisen an den Gesprächsinhalten hat sich vor allem bei den männlichen Anrufern erhöht (Abb. 10). Diese Angaben korrelieren auch mit der der absoluten Zahl von Suiziden im ehemaligen Ostberlin.

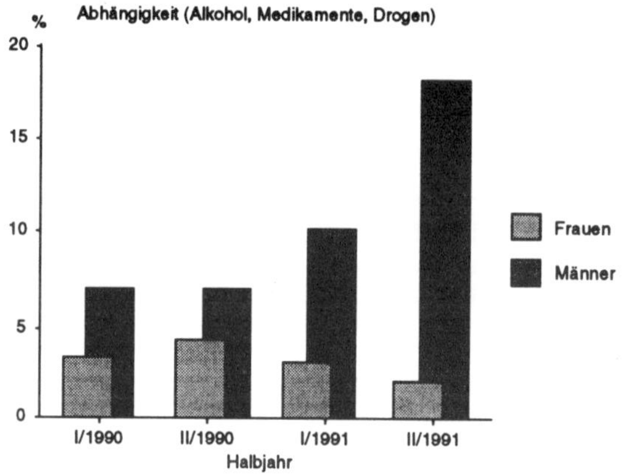

Abb. 9

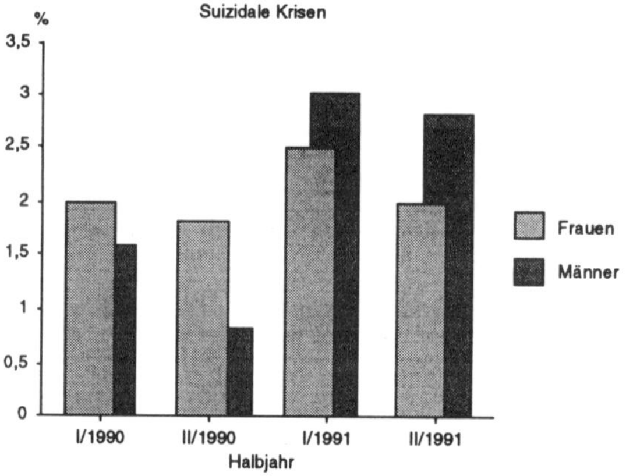

Abb. 10

Mein Fazit

Es wäre sicherlich interessant, auch künftig die AnruferInnen-Statistik von Telefonseelsorge und Telefon des Vertrauens als Seismograph für die psychosozialen Auswirkungen gesellschaftlicher Veränderungen zu interpretieren. In unseren Daten spiegeln sich zweifellos die Folgen der Vereinigung wieder. Es wird auch deutlich, welche Bedeutung Kriseneinrichtungen wie die unsrige bei der Bewältigung extern veranlaßter Krisen haben.

Krisendienste in Deutschland und in Europa: Wiedergabe eines Werkstattgesprächs

Manfred Beck, Margarete Frei und Barbara Meyer

Der folgende Text ist aus der Mitschrift einer Diskussionsrunde mit Vertretern/innen von 10 Krisendienst-Modellen aus vier europäischen Ländern entstanden. Diese Arbeitsgruppe ist im Rahmen einer von der Stadt Bielefeld und dem Institut für Kommunale Psychiatrie (IKP) mit Sitz in Solingen gemeinsam veranstalteten internationalen "Fachtagung zur außerstationären Krisenintervention und Notfallpsychiatrie" zusammengetroffen, die 1992 in Bielefeld anläßlich des fünfjährigen Bestehens des dortigen Krisendienstes stattgefunden hat. Die Beiträge der Tagung selbst sind in einem von Wienberg (1993) herausgegebenen Band publiziert.

Wir haben bei unserer Dokumentation die Gratwanderung versucht, bei möglichst enger Orientierung am gesprochenen Wort, flüssig lesbare Texte zusammenzustellen.

Lebendige Diskussionen (und es handelte sich im vorliegenden Fall um eine solche) bieten allerdings für eine schriftliche Dokumentation die Schwierigkeit, daß ein angesprochenes Thema nicht immer ganz stringent verfolgt wird. Wir haben deshalb die Beiträge strikt einer (z.T. durch die Arbeitsgruppenmoderation vorgegebenen) Struktur zugeordnet. Der notwendigen Redundanz gesprochener Sprache haben wir durch erhebliche Kürzungen gegenüber dem Originaltranskript Rechnung getragen.

Selbstverständlich sind die Textpassagen von den jeweiligen Personen autorisiert, denen sie zugeordnet sind.

I. Einführung

Dr. Genin (Bielefeld)
Folgende Grundgedanken haben die Städte, Kliniken und freien Träger seinerzeit veranlaßt, Krisendienste einzurichten:

1. Psychisch kranke Menschen sind in den letzten Jahren häufiger in der Gemeinde anzutreffen, als dies noch vor 10 Jahren der Fall war. Die Verkleinerung der Großkrankenhäuser, die Verkürzung der Behandlungsfristen, die früheren Entlassungen in ambulante Weiterbehandlung haben zu dieser Veränderung geführt. Sie zwingt die ambulanten Dienste stärker als bisher, auf psychisch kranke Menschen

und ihre Besonderheiten einzugehen. Der Krisendienst sollte von Anfang an diesem Umstand Rechnung tragen.

2. Auch chronisch kranke Menschen leben seither häufiger in der Gemeinde. Da chronisch kranke und behinderte Menschen aber vermehrt zu Rückzug und Isolation neigen, sind sie in der Gefahr, von bestehenden Hilfsangeboten nicht erreicht zu werden. Diese müssen in der Regel aktiv aufgesucht werden. Dieser Bedarf war ein Anlaß, Krisendienste mit mobilen Möglichkeiten einzurichten.
3. Krisen finden bekanntlich nicht nur im Rahmen psychiatrischer Erkrankungen statt, sondern treten auch bei gesunden Menschen in Partnerschaftsproblemen, in menschlichen Auseinandersetzungen, bei beruflichen Mißerfolgen und persönlichem Unglück auf. Der Krisendienst sollte daher sowohl bei psychischen Erkrankungen als auch bei psychosozialen Notfällen zur Verfügung stehen.
4. Schließlich sollte auch außerhalb der üblichen Bürostunden ein hoher Standard psychosozialer und sozialpsychiatrischer Versorgung bereitgehalten werden. Z.B. waren auch in Bielefeld nachts und an Feiertagen zumeist Einrichtungen mit Pflichtaufgaben tätig, die mit der Psychiatrie nur am Rande zu tun haben: die Polizei, die allgemeinen Krankenhäuser, die Feuerwehr, der allgemein-ärztliche Notdienst. Ziel des neu eingerichteten Krisendienstes war es, die auftretenden Notfälle aus der allgemein-ärztlichen und polizeilichen Zuständigkeit herauszunehmen und in die psychosoziale und sozialpsychiatrische Kompetenz zu überführen.

Ist dies gelungen? Die Tatsache, daß die Auslastung des Krisendienstes von Jahr zu Jahr zunimmt, weist auf eine wachsende Akzeptanz in der Bevölkerung, bei Betroffenen und Angehörigen hin. Der Umstand, daß neben den psychiatrisch kranken Menschen auch gesunde in krisenhaften Zuständen die Hilfe des Krisendienstes in Anspruch nehmen zeigt, daß ein relativ weiter Kreis der Bevölkerung angesprochen werden kann.

Die mobile Funktionstüchtigkeit mit der Möglichkeit zu Hausbesuchen und zu Besuchen an bestimmten Brennpunkten erweist sich als geeignet, jenen Grad von Struktur und aufsuchender Kompetenz zu gewährleisten, die der Krisenhaftigkeit vor Ort angemessen ist.

Und schließlich attestieren dem Krisendienst auch die niedergelassenen Nervenärzte, die Polizei, die Krankenhäuser und die Beratungsstellen eine vernünftige gemeindepsychiatrische Zielsetzung, Notwendigkeit und Unverzichtbarkeit.

Der erste Schritt in Richtung auf eine gemeinsame Lösung der Versorgung psychisch kranker und gestörter Menschen scheint getan. Aber es besteht kein Zweifel, daß immer noch Probleme ungelöst bleiben - mehr noch, der Krisendienst erweist sich zunehmend als geeignetes Instrument, Schwachstellen und Mißverhältnisse im Gesamtsystem der psychosozialen Versorgung Bielefelds aufzudecken. Es zeigt sich, daß der Krisendienst nicht viel besser sein kann als das Versorgungssystem insgesamt.

Einige Hinweise: Der Krisendienst in Bielefeld kann seine nächtlichen Aktivitäten häufig nicht angemessen an andere Institutionen weitervermitteln. Es bleibt oft bei einer nächtlichen Episode. Dies ist darauf zurückzuführen, daß nur bedingt Verbindlichkeiten im Gesamtsystem vorhanden sind. Zu viele Einrichtungen können am Tage auf spezielle Konzeptionen und den vollen Terminkalender verweisen und verpflichtende Weiterbearbeitung nächtlicher Krisenfälle ablehnen. Es gibt auch keine regionale Zuständigkeit für die Klienten. Die personelle und konzeptionelle Kontinuität der Betreuung fehlt. Der relativ häufige Wechsel von Therapeuten und Konzepten kann sogar im schlechtesten Fall zur Chronifizierung des Klienten beitragen. Es gibt vor allem keine Zuständigkeit für die chronisch psychisch Kranken. Der sozialpsychiatrische Dienst (SpsD) allein ist nicht in der Lage, die relativ hohe Zahl von 0,5% der Gesamtbevölkerung angemessen zu versorgen.

Die durch den Krisendienst aufgedeckten Defizite sind struktureller Art. Ohne eine verbindliche regional ausgerichtete, sektorisierte und im Verbundsystem arbeitende Versorgung psychisch kranker und gestörter Menschen bleibt auch der Krisendienst mit den Defiziten der Gesamtstruktur behaftet.

Ein wichtiges Ziel dieses Workshops ist daher, die gegenseitige Verflochtenheit von Krisendienst und Gesamtversorgungssystem der dazugehörigen Region herauszuarbeiten.

Herr Wienberg (Bielefeld)
Zwei Themenkomplexe stehen zur Diskussion: Zum einen die Organisation und Struktur der hier vertretenen Krisendienste, zum anderen ihre inhaltliche Arbeit und ihre Klientel. Als Überblicksinformation für die Diskussion dient eine Synopse, die aus Manuskripten zusammengestellt wurde, die die Dienste vorab geschickt hatten (zitiert nach Wienberg 1993, S. 224, 226, 229, 231, 234; siehe S. 65–68).

II. Organisation und Struktur

1. Zur Erreichbarkeit der Krisendienste

Es gibt bei der Erreichbarkeit der verschiedenen Dienste deutliche Unterschiede, und zwar

Merkmalsdimensionen außerstationärer Krisenintervention und Notfallpsychiatrie

2. Organisation / Struktur

Berlin Charlottenburg	Berlin Schöneberg	Berlin Wedding	Bern	Bielefeld	Bremen	Linz	Maastricht	Mannheim	Solingen
				Institutionstyp					
komplementär vernetzt	additiv	komplementär vernetzt	additiv	komplementär vernetzt	integriert	additiv	integriert	integriert	integriert
				Träger					
Krankenhaus (e.V.) (ab 1993)	e.V.	e.V.	Universitäts-klinik	Stadt	Stadt	private Gesellschaft	"Holding"	Universitäts-klinik	e.V.
				räumliche Anbindung					
Krankenhaus (Kontaktstelle)	neutral	neutral, neben Kontaktstelle	Poliklinik	Gesundheits-amt	SpsD	neutral, neben Patientenclub		Kliniken	Wohnheim, Tagesklinik
				Zugang					
öffentlich direkt	öffentlich direkt	öffentlich direkt	öffentlich direkt	öffentlich direkt	öffentlich direkt	öffentlich direkt		öffentlich direkt	nicht öff., tel. Vermittlg.
				Region – Einwohner (TSD)					
städtisch 185 (330) (ab 1993)	städtisch 150	städtisch 170	städtisch 400	städtisch 330	städtisch 540	städtisch 300	städtisch 220	städtisch 300	städtisch 166
				Finanzierung – Budget					
Land 233.000 (ab 1993)	Land 320.000	Land 335.000 (1991)	Kanton/KV	Stadt 430.000	Stadt	Bundesland/Stadt 3,7 Mill. ÖS		KV/Land	Pool kein separates Budget

Merkmalsdimensionen außerstationärer Krisenintervention und Notfallpsychiatrie

3. Mitarbeiter / innen

Berlin Charlottenburg	Berlin Schöneberg	Berlin Wedding	Bern	Bielefeld	Bremen	Linz	Maastricht	Mannheim	Solingen
Berufsgruppen (im Kerndienst)									
K, P, S, s	P, S, s	P, S	K, Ä	K, P, S, s	K, Ä, P, S	K, Ä, P, S	K, Ä, P, S	K, Ä, P, S	K, P, S, s
ärztliche Kompetenz fortlaufend verfügbar?									
ja	nein	ja	ja	ja	ja	nein	ja	ja	ja*
ausschließlich professionelle MitarbeiterInnen?									
ja	ja	ja	ja	ja	ja	ja	ja	ja	ja
Anteil Festangestellte									
–	29%	29%	100%	24%	100%	24%	100%	100%	100%
spezifische Fortbildung / Supervision									
	ja	ja	ja	ja	nein	ja		ja	nein

K = Krankenpflege
Ä = ÄrztInnen
P = PsychologInnen
S = SozialarbeiterInnen
s = sonstige

* nur in der Woche tagsüber

Merkmalsdimensionen außerstationärer Krisenintervention und Notfallpsychiatrie

4. Arbeitsweise

Berlin Charlottenburg	Berlin Schöneberg	Berlin Wedding	Bern	Bielefeld	Bremen	Linz	Maastricht	Mannheim	Solingen
Zuweisung durch Dritte möglich – Anteil Zuweisung									
ja 37%	ja	ja 45%	ja 57%	ja 50%	ja 41%[1] 80%[2]	ja 12%	ja	ja 67%	ja ca. 50%
mobil, aufsuchend – Anteil mobil									
ja 12%	ja	ja 13%	nein –	ja 22%	ja 22%	nein (< 1%)	ja	nein –	ja ca. 90%
ärztliche Behandlung									
ja	nein	ja, HD	ja	ja, HD	ja	nein	ja	ja	nein
personenbezogene Dokumentation									
ja	ja	ja	ja	ja	ja	ja	ja	ja	ja
Zugriff auf außerstationäre Krisenbetten									
nein	nein	nein	nein	nein	nein	ja	ja	nein	ja
aktive Beteiligung an Unterbringung									
ja	nein	ja	ja	ja	ja	nein	ja	ja	ja
Anteil Vermittlung in stationäre Behandlung – Anteil zwangsweise									
10% 2,3%		10% 2%	31% 16%	11% 6,8%	10% (34%)[3] 3% (10%)[3]	< 10% –		23%	ca. 10% ca. 5%
Nach- / Weiterbetreuung									
nein	ja, bis 10x	ja, bis 5x	ja	nein	nein	ja		ja	ja

[1] nur Telefon [2] bei persönlichen Kontakten [3] in Klammern: nur persönl. gesehene Fälle

Merkmalsdimensionen außerstationärer Krisenintervention und Notfallpsychiatrie

5. Klientel

Berlin Charlottenburg	Berlin Schöneberg	Berlin Wedding	Bern	Bielefeld	Bremen	Linz	Maastricht	Mannheim	Solingen
Funktion									
NP / KI	KI	NP / KI	NP / KI	NP / KI	NP / KI	KI	NP / KI	NP / KI	NP / KI
Inanspruchnahme									
429 Kontakte	1.496 Berat.-gespräche[2]	592 Erst-kontakte[2]	1.439 Kon-takte	2.131 Kon-takte	2.083 Kon-takte	1.314 Pers. 1.026 Kontakte im BD	916 Kon-takte	2.334 Epis. 1.756 Pat.	ca. 1.300 Kontakte
m /w									
39/61	28/72	40/60	52/48	53/47	40/60	36/64 40/60	45/55	52/48	
Anteil Sucht / Mißbrauch									
10%	11%	14%	17%	25%	18%[3]			22%	
Anteil akute Psychosen									
28%[1]	9%	17%	28%[1]	16%	24%			23%[1]	ca. 35%
Anteil Suizidversuche									
			8%	3%				10%	ca. 5
Anteil Suizidalität									
	11%	14%		7%	5%			14%	ca. 5
Anteil Mehrfachnutzer									
15%[4]			25%[4]	32%		14%		19%	

[1] ohne affektive und organische Psychosen [2] ohne vereinbarte Nachgespräche [3] 1985 [4] innerhalb 1 Jahr

1. hinsichtlich der tatsächlichen Krisendienstzeiten,
2. hinsichtlich der zusätzlichen Bereitschaftsdienstzeiten, die den "eigentlichen" Dienst ergänzen, bis hin zum
3. "Rund-um-die-Uhr-Dienst", wie er z.B. in Bern, Linz und Mannheim existiert.

Was ist eigentlich Entscheidungsgrundlage für die Frage, zu welchen Zeiten ein Dienst tätig sein soll?

Dr. Schnyder (Bern)
In Bern wurde im Vorfeld der Eröffnung der Notfall- und Triagestation eine Erhebung gemacht, wann die meisten Patienten kommen. Entgegen den in der Literatur veröffentlichten Aussagen, daß zwei Drittel der Konsultationen außerhalb der üblichen Bürozeiten stattfinden, finden im Berner Notfalldienst 70% aller Kontakte zwischen 8.00 und 18.00 Uhr statt.

Aufgrund der Personalbesetzung ist es möglich, die Notfall- und Triagestation an 7 Tagen in der Woche 10 Stunden zu jenen Zeiten zu betreiben, in denen die meisten Patienten zu erwarten sind. Ideal wäre ein "Rund-um-die-Uhr-Dienst", der zwar ärztlich gewährleistet ist, aber der spezifische Dienst mit Pflegepersonal fehlt, so daß z.B. keine Übernachtung möglich ist, wenn der Patient am Abend kommt.

Hausbesuche können von der Notfall- und Triagestation nicht gemacht werden. Hierfür ist der allgemeinärztliche Notfalldienst der Stadt Bern zuständig.

Herr Wienberg (Bielefeld)
In Linz und Bielefeld erfolgen immerhin etwa 20% der Anrufe und Interventionen nach 0.00 Uhr.

Dr. Schöny (Linz)
Ursprünglich, also ab 1977, gab es in Linz Krisenintervention im Rahmen einer 40-Stunden-Woche und rund um die Uhr einen Telefondienst an der psychiatrischen Klinik. Inzwischen gibt es einen "Rund-um-die-Uhr-Dienst", der telefonisch im Krisenzentrum zur Verfügung steht. In Einzelfällen ist es auch rund um die Uhr möglich, einen persönlichen Kontakt aufzunehmen. Angestrebt wird eine Erreichbarkeit mobil rund um die Uhr.

Frau Hoffmann-Badache (Solingen)
In Solingen ist der Krisendienst "Rund-um-die-Uhr" erreichbar. Er wird von verschiedenen Bereichen des Trägervereins gemeinsam geleistet; etwa 20 Personen sind daran beteiligt. Der aufsuchende (mobile) Dienst ist integriert in den ambulanten Dienst. Die telefonische Erreichbarkeit ist durch die Mitarbeiter aus dem Wohnheim,

der Tagesklinik und dem Krisenbereich gesichert. Die Telefonnummer ist freilich nur begrenzt zugänglich. Sie steht z.B. nicht in der Zeitung, ist aber den Behörden, den psychosozialen Einrichtungen und der Polizei bekannt.

Dr. Rössler (Mannheim)
Im Mannheimer Krisendienst steigt nicht nur die Anzahl der Notfälle in den Nachtstunden, sondern auch die damit verbundenen Schwierigkeiten. Der Grund dafür ist, daß das psychosoziale Netz in den Nachtstunden nicht verfügbar ist wie am Tage. Es gibt Kernzeiten des Krisendienstes am Tage; nachts und an den Wochenenden wird der Dienst von der Klinik übernommen. Es werden die Kontakt-Zeiten dokumentiert, zu denen die Patienten in den Krisendienst kommen. Eine mobile Versorgung gibt es nicht.

Herr Buthenhoff (Berlin-Wedding)
Die Dienstzeiten der Krisenambulanz Wedding sind komplementär - von 16-23 Uhr - zu den Dienstzeiten der Krisenintervention des sozialpsychiatrischen Dienstes im Gesundheitsamt festgesetzt, die an Werktagen zu üblichen Bürozeiten arbeitet.

Es besteht eine geringe Überschneidungszeit von einer Dreiviertelstunde, nämlich von 15.30-16.15 Uhr. Das heißt, tagsüber wird die Krisenintervention vom Gesundheitsamt geleistet, und im Anschluß daran bis 23.00 Uhr von den Mitarbeitern der Krisenambulanz, die teilweise aber auch aus dem Gesundheitsamt stammen.

Gewünscht wird ein "Rund-um-die-Uhr-Dienst", auch am Sonntag! Ein Kompromiß wäre der Einsatz einer Person rund um die Uhr.

Herr Dascher (Berlin-Schöneberg)
Die Situation in Schöneberg ist mit der in Wedding vergleichbar. Über Tag gibt es eine Fülle von Angeboten für Personen in Krisensituationen, den SpsD, verschiedene kirchliche Beratungsstellen und andere Kontakt- und Anlaufstellen.

Auch in Schöneberg wünscht man sich eine Ausweitung der Öffnungszeiten. Ein "Rund-um-die-Uhr"-Bereitschaftsdienst könnte in Berlin auch von mehreren Krisendiensten gemeinsam getragen werden.

Im Berlin-Schöneberger Krisendienst wird während der gesamten Dienstzeit telefonisch, ambulant und mobil gearbeitet. Am Dienstag ist aus finanziellen Gründen geschlossen.

Herr Kebbel (Bremen)
Die Stadt Bremen ist in 5 psychiatrische Sektoren mit etwa je 100 000 Einwohnern

aufgeteilt. Seit 1985 führt der Sozialpsychiatrische Dienst tagsüber über seine regionalen Beratungsstellen und abends, nachts und am Wochenende über einen zentralen Notdienst eine Krisenintervention rund um die Uhr durch. Der Dienst ist mobil und arbeitet auch aufsuchend. Die Klienten/patienten/ innen werden telefonisch oder persönlich beraten, bei Bedarf werden auch Hausbesuche gemacht. An der Krisenintervention/Notfallhilfe rund um die Uhr nehmen alle Mitarbeiter/innen des Dienstes teil. Der Dienst ist Teil einer gemeindenahen Konzeption. Nach Umstrukturierung der psychiatrischen Versorgung mit Abbau des stationären Bereiches gibt es eine gut ausgebaute ambulante und komplementäre Versorgung mit relativ vielen betreuten Wohnplätzen. Auch für diese bildet der Sozialpsychiatrische Dienst einen Hintergrunddienst zur Bewältigung schwieriger Einzelfälle.

Prof. Richartz (Maastricht)
In den Niederlanden gibt es eine gesetzliche Regelung, daß es in allen Standardversorgungsgebieten einen psychiatrischen 24-Stunden-Dienst an sieben Tagen geben muß. Krisendienst ist hier Notfallpsychiatrie. Seit 1980 liegt die Verpflichtung zur Ausführung beim "Regionalinstitut für ambulante geistige Gesundheitspflege" (RIAGG). Für Maastricht gibt es außerhalb der Dienstzeiten eine etwas andere Situation, d.h. obige Regelung trifft nicht exakt zu.

Das eigentliche Krisenzentrum (RIAGG) befindet sich in einem Bürgerhaus in der Stadt und verfügt über ein Team, bestehend aus Sozialwissenschaftlern, Psychiatern, Assistenten und geschultem Krankenpflegepersonal, das an 7 Tagen 24 Stunden im Dienst ist.

Daneben gibt es eine Auffanggruppe, eine Kriseninterventionsstelle in der Klinik mit festem Mitarbeiterstab zu den üblichen Dienstzeiten. Außerhalb der Dienstzeiten gibt es einen Bereitschaftsdienst mit einem variablen Stab von Assistenten in Weiterbildung, Hintergrundpsychiatern und Sozialwissenschaftlern, also auch Berufsgruppen, die keine Mediziner sind. Dieser Bereitschaftsdienst ist mobil. Die Auffanggruppe am Tage ist ebenso mobil: es werden Hausbesuche gemacht, die in der Bürokratensprache "aufsuchende Aktivitäten" genannt werden. Nachts ist es der Assistent, der zuerst gerufen wird, der in der ganzen Region Dienst hat und in einem psychiatrischen oder Allgemeinkrankenhaus mit psychiatrischer Abteilung anwesend ist. Er kann Hausbesuche machen. Wenn er das Gefühl hat, er ist an Ort und Stelle allein und er kann die Krise nicht bewältigen, er müßte noch jemanden als Therapeuten zur Unterstützung haben, dann kann er den Sozialwissenschaftler anrufen, die sozialpsychiatrische Krankenschwester oder gerade den, der Dienst hat, also einen Sozialarbeiter oder einen Psychologen vom RIAGG.

Häufig ist die Situation so, daß der Klient bereits im Krisenzentrum angekommen ist, wenn der Arzt eintrifft, der in seiner Bereitschaftszeit gerufen worden ist. Es kann aber auch sein, daß dieser Arzt zur Notfallambulanz ins Allgemeinkrankenhaus gehen muß oder daß er 30 Kilometer fahren muß, um eine Familie irgendwo auf dem Lande aufzusuchen. Es ist ein sehr differenziertes, ausgebautes System. Man kann im Krankenhaus anrufen, in der psychiatrischen Klinik, im Krisenzentrum oder in der Auffanggruppe. Diese Anrufe werden nicht partikulär behandelt, sondern alle beteiligten Stellen werden informiert. Am Morgen in der Auffanggruppe, beim sogenannten Frührapport, werden die Berichte zusammengetragen und geben ein Bild davon, was sich in den Kliniken, der Region und dem Krisenzentrum abgespielt hat. Dies ist die eigentliche Koordinationsstelle. In der Auffanggruppe arbeitet der feste Mitarbeiterstab, der aber variabel ergänzt wird durch Mitarbeiter aus dem Krisenzentrum und den Krankenhäusern. Telefonisch ist dieser differenzierte Krisendienst auf verschiedene Art und Weise zu erreichen. Einmal gibt es eine zentrale Nummer im Krisenzentrum, aber auch in der psychiatrischen Klinik gibt es eine sogenannte "Hauptwache", die vor allen Dingen für die stationäre Notfallpsychiatrie, für Krisenbetten, also für psychiatrische Krisen im engeren Sinne zuständig ist. Von daher ist die Notfallambulanz der Universitätsklinik auch mit dieser Nummer vertraut.

Ebenso kennen die Hausärzte (die sogenannte "erste Linie"), die Polizei und die Feuerwehr diese beiden Telefonnummern. Und es gibt ca. 1400 permanente Patienten, die diese Stellen immer wieder (zumindest telefonisch) in Anspruch nehmen. Unter "Krise" wird in Maastricht übrigens eine Problematik verstanden, die durch die üblichen Netze des sozialen Systems fällt, bei der die Kontinuität der Betreuung und Behandlung bedroht ist und wo manchmal innerhalb einer Viertelstunde Hilfe geleistet werden muß.

Frau Frei (Bielefeld)
In Bielefeld wird die Krisenintervention an Werktagen von 8-18 Uhr durch den sozialpsychiatrischen Dienst (SpsD) wahrgenommen. Der Krisendienst schließt daran werktags von 18 bis 8 Uhr und am Wochenende rund um die Uhr nahtlos an. Er ist im selben Haus untergebracht.

Der Krisendienst ergänzt nicht nur den SpsD (ist also nicht nur komplementär), sondern er geht darüber hinaus, er ist auch ein psychosozialer Krisendienst, also nicht auf psychiatrische Krisen im engeren Sinne begrenzt.

2. Krisendienst-Typen

Herr Wienberg (Bielefeld)
Drei Institutionstypen stehen zur Diskussion:

a) Additive Dienste
b) Integrierte Dienste
c) Komplementäre Dienste

Komplementäre Dienste, wie in Berlin-Wedding oder Bielefeld lassen sich dadurch definieren, daß verschiedene Einrichtungen die Dienstzeiten wahrnehmen, die vom normalen Tagesdienst nicht abgedeckt werden, und einen gemeinsamen Kriseninterventions- und Notdienst organisieren.

Als *integrierten* Dienst läßt sich ein Dienst bezeichnen, der Tag und Nacht selbstverantwortlich arbeitet, also eine Basisversorgung tagsüber und nachts bereitstellt, wie z.B. in Bremen, Solingen und in Maastricht.

Beim *additiven* Dienst wird die übliche Basisversorgung parallel begleitet. Krisenintervention und Notfallpsychiatrie werden von einem eigenen Dienst ausgeübt, der wie in Bern und Linz vornehmlich tagsüber tätig ist. In Berlin-Schöneberg ist dieser Dienst auch nachts aktiv.

Herr Dascher (Berlin-Schöneberg)
Der Krisen- und Beratungsdienst in Schöneberg ist nach dem Modell von Herrn Wienberg in seiner Organisationsstruktur zwar additiv, nicht jedoch in seiner Arbeitsweise.

Herr Nouvertné (Institut für Kommunale Psychiatrie - IKP)
Gemeint ist beim additiven Dienst, daß eine andere Versorgungslinie parallel zur psychiatrischen Basisversorgung aufrecht erhalten wird, deren Effizienz und Notwendigkeit überhaupt nicht infrage steht. Diese Versorgungslinie versteht sich nicht als komplementär im Sinne von ergänzend, sondern will auch eine andere Klientel erreichen.

Dr. Schöny (Linz)
Die Einordnung des Linzer Krisendienstes als additiv stimmt am Tage. Die Klientel unterscheidet sich von der der psychosozialen Dienste. Die Gründe, warum das so ist, sind historisch zu sehen: Dieses Krisenzentrum ist viel früher gegründet worden als die psychosozialen Dienste. Und es wurde dann einfach parallel gedacht. In der Nacht ist der Begriff additiv nicht mehr richtig, da ist der Dienst in Linz ein komplementärer Dienst, an dem sich alle gemeinsam beteiligen.

Dr. Schnyder (Bern)
Es stellt sich die Frage: additiv - zu was? In Bern arbeitet die Notfall- und Triagestation nicht additiv zur psychiatrischen Grundversorgung, sondern gewährleistet

diese. Und wenn diese Notfallversorgung gesichert ist, können auch andere Dienste hinzugezogen werden.

Bern ist eine Stadt mit einer hohen Psychiaterdichte. Auf 160 000 Einwohner kommen 130 niedergelassene Psychiater. Diese tragen aber zur psychiatrischen Notfallversorgung wenig bei, denn sie sind bis heute nicht in einem speziellen Notfalldienst organisiert.

Dr. Rössler (Mannheim)
Es gibt im Grunde genommen zu einem integrierten Konzept keine Alternative, weil Notfallhilfe auf so vielen Ebenen stattfindet, in so vielen Variationen, daß es überhaupt keinen Dienst gibt, der alle Krisen bzw. Notfälle in einer Hand bewältigen könnte. Es gibt viele Institutionen, die in der Krisenhilfe tätig sind und letztlich ist die Vernetzung der verschiedenen Einrichtungen und Institutionen von zentraler Bedeutung, die miteinander arbeiten.

Zum Beispiel wendet sich ein Patient in einer akuten paranoiden Psychose seltener an die psychiatrische Klinik - er wendet sich zum Beispiel an die Polizei. Patienten, die intoxiert sind, werden in der Regel zur Hauptaufnahme des Universitäts-Klinikums gebracht und dort nachträglich auch von den Mitarbeitern des Krisendienstes gesehen. Der SpsD macht aufsuchende Betreuung. Das Schwierige ist eigentlich nicht, Hilfe in einer größeren Stadt zu finden, sondern das Schwierige ist, die Hilfeleistungen miteinander zu vernetzen. Der Patient muß wissen, wohin er gehen soll. Dies zu klären ist eine fast unlösbare Aufgabe für den Patienten selbst. Er kann ja in einer Krise nicht aus einer Liste verschiedener Kriseninstitutionen die für ihn passende heraussuchen. Deshalb muß es eine Einrichtung geben, die in der Lage ist, eine Verteilung vorzunehmen.

Der Krisendienst steht deshalb mit einer Reihe von verschiedenen Einrichtungen ständig in Kontakt: z.B. mit dem SpsD, mit der Abteilung Gemeindepsychiatrie des Zentralinstitus für Seelische Gesundheit, mit Heimen, mit Werkstätten usw.

Frau Hoffmann-Badache (Solingen)
Solingen ist ein Beispiel für das integrierte Modell. Die ambulante, nichtärztliche, psychiatrische Betreuung wird fast ausschließlich vom Krisendienst geleistet. Der SpsD ist nur rudimentär ausgebildet und wird vornehmlich in gerontopsychiatrischen Fällen aktiv.

In Solingen sind alle Einrichtungen, die an Krisen und Krisenintervention beteiligt sind, unter einem Dach mit dem Krisendienst vereint und so integraler Bestandteil dieses ambulanten Basisdienstes, der damit beinahe alle Facetten im ambulant-komplementären Bereich für psychisch Kranke abdeckt. Möglich ist das, weil fast alle Angebote von einem Träger gemacht werden.

Die Zusammenarbeit zwischen Mitarbeitern des Basisdienstes, des klinischen und des Heimbereiches ist gut. Es findet eine Vernetzung auf Mitarbeiterebene statt.

Dr. Schöny (Linz)
In Österreich werden 90% der psychosozialen Einrichtungen von einem Träger geführt, und die Verantwortlichen der einzelnen Institutionen (wie Krisendienst und psychosozialer Dienst) treffen sich mindestens einmal im Monat in Arbeitsgruppen. Es findet also automatisch eine Vernetzung der Dienste statt.

Prof. Richartz (Maastricht)
In Holland sind die gemeindepsychiatrischen Dienste (RIAGG) lokal unterschiedlich aufgebaut.

Ausgangspunkt ist die Aufteilung des Landes in 59 Standardversorgungsgebiete von je 150 000 bis 200 000 Einwohnern (in Maastricht 220 000). Jedes Versorgungsgebiet verfügt über eine allgemeine psychiatrische Klinik (in Maastricht das psychomedizinische Regionalzentrum Vivedaal), eine kleine Abteilung im allgemeinen Krankenhaus und über ein RIAGG (gemeindepsychiatrischer Dienst), zu dem alle möglichen Dienste gehören, d.h. neben dem SpsD auch psychosoziale Hilfe für Kinder, geriatrische Klienten usw. Durch die Regionalisierung und die Einrichtung der RIAGGs sind erstmalig institutionsüberschreitende Kooperationsformen möglich, die man als Verbundsystem mit Mischfinanzierung bezeichnen kann.

Alle Einrichtungen der ambulanten psychiatrischen/psychosozialen Basisversorgung einschließlich der Kliniken tragen den Krisendienst. In den anderen Versorgungsgebieten leisten nur die RIAGGs durch ihre Rund-um-die-Uhr-Bereitschaft den Dienst für die Krisenintervention, d.h. dort wird eher additiv als integriert bzw. vernetzt gearbeitet.

Herr Buthenhoff (Berlin-Wedding)
Die Krisendienstambulanz Wedding versorgt eine Region von 170 000 Einwohnern. Sie arbeitet in ihren Dienstzeiten institutionell vernetzt: Mitarbeiter, die in anderen psychiatrisch-psychosozialen Einrichtungen Klienten betreuen, behandeln und beraten, beteiligen sich neben den Mitarbeitern des Kernteams an der Organisation. Das heißt, es gibt eine Zentraleinheit, an die im Tandem kontinuierlich Mitarbeiter von 10 verschiedenen Institutionen unterschiedlichster Trägerschaft assoziiert sind.

Frau Frei (Bielefeld)
In Bielefeld ist die Vernetzung der einzelnen Einrichtungen mit dem Krisendienst noch nicht sehr weit entwickelt, sie wird aber angestrebt. In dem einen oder anderen Fall gelingt sie, weitgehendst bei den psychiatrischen Klienten und den Patienten, die an den SpsD vermittelt werden.

Insgesamt sind 7 verschiedene Institutionen (einschließlich SpsD) am Krisendienst beteiligt; es gibt 20 Mitarbeiter. Das sieht in der Praxis so aus, daß einige hauptamtliche Mitarbeiter von Lebensberatungsstellen in Bielefeld jeweils drei Schichten im Monat im Krisendienst mitarbeiten.

Herr Wienberg (Bielefeld)
Diese Art der Zusammenarbeit ist qualitativ anders als eine einfache Kooperation. Es kommt eine andere Form von inhaltlicher Diskussion in Gang, weil sich die Mitarbeiter verschiedener Dienste kennenlernen, gemeinsam Krisensituationen bestehen und bearbeiten und dadurch natürlich in Austausch kommen über die jeweilige Arbeitsweise, sei es nun persönlich oder über das gemeinsame Tun.

Es ist nicht so, daß die Mitarbeiter auch gleichzeitig die Einrichtungen dichter vernetzen, d.h. die Einrichtungskonzepte bleiben relativ statisch. Aber die Menschen, die beteiligt sind, entwickeln sich.

Herr Dascher (Berlin-Schöneberg)
Vernetzung - wie hier beschrieben - ist nicht unbedingt das optimale Modell. Es gibt z.B. im Schöneberger Krisendienst Mitarbeiter, die ebenfalls in der Kontakt- und Begegnungsstätte arbeiten und es treten dann solche Situationen auf, daß betroffene Menschen in die Beratungsstelle kommen, einen Betreuer einer anderen Einrichtung erkennen und auf dem Absatz kehrtmachen: ein durchaus negativer Aspekt!

3. Örtliche und zeitliche Anbindung der Krisendienste

Herr Dascher (Berlin-Schöneberg)
Befindet sich der Krisendienst im SpsD (Berlin) oder ist er angeschlossen an das Gesundheitsamt (Bielefeld), also an ein "Amt", das auch Hoheitsfunktionen ausübt, so bekommt der Dienst einen eigenen Stellenwert im Bewußtsein der Bevölkerung und im Bewußtsein der Mitarbeiter. Es entsteht eine andere Zugangsschwelle als an einem neutralen Ort.

Herr Kebbel (Bremen)
Die Frage der räumlichen Anbindung hat etwas mit der Struktur einer regionalen psychiatrischen Versorgung zu tun.

Die Inanspruchnahme des zentralen nächtlichen Krisendienstes in der Großstadt Bremen mit rund 550 000 Einwohnern fällt mit zunehmender Entfernung vom Standort. Je näher man zum Krisendienst wohnt, desto häufiger wird er in Anspruch genommen. Ähnliches gilt für die Inanspruchnahme des Psychiatrischen Krankenhauses.

Obwohl das Psychiatrische Krankenhaus in Bremen am Rande der Stadt liegt, spielt es auch in der Bewältigung ambulanter Krisen- und Notfälle nach wie vor eine bedeutende Rolle. Viele Krisenfälle gehen am zentralen, mitten in der Stadt gelegenen Krisendienst vorbei. Andererseits hat sich im Rahmen der Bremer Psychiatriereform und unter freier Trägerschaft ein recht großer, relativ gleichmäßig über die Stadt verteilter komplementärer Dienst entwickelt. Könnte man die entstandenen personellen Ressourcen zusammenfassen, könnte die nächtliche Krisenintervention wie am Tage auch regional organisiert werden.

In Bremen stellt sich die Frage, ob die ambulante Krisen-/Notfallhilfe an das Psychiatrische Krankenhaus angebunden oder ob regionale, sektorbezogene Lösungen, die ein überschaubares Einsatzgebiet mit rund 100 000 Einwohnern abdecken könnten, gefunden werden sollten. Die Frage löst sich, wenn, wie geplant, das Psychiatrische Krankenhaus dezentralisiert und in jedem Sektor eine psychiatrische Abteilung an einem allgemeinen Krankenhaus mit einem ambulanten Dienst (Institutsambulanz/Sozialpsychiatrischer Dienst) entstehen kann.

Dr. Rössler (Mannheim)
Die Frage der räumlichen Anbindung kann man unter verschiedenen Aspekten sehen. Es gibt keine eindeutige Entscheidung für eine Anbindung an eine bestimmte Einrichtung. Jede Entscheidung ist mit Vor- und Nachteilen behaftet. Die zeitliche Erreichbarkeit spielt jedoch bei der räumlichen Anbindung eine große Rolle. Eine Reihe von Analysen zeigt, daß mit zunehmender Entfernung die Inanspruchnahme dramatisch abnimmt.

Es ist natürlich eine Frage, wie hoch man die Schwelle zur Inanspruchnahme ansetzen will. Es ist nicht von vornherein selbstverständlich, daß man eine möglichst niedrige Zugangsschwelle haben will. Die zweite Frage, die die räumliche Anbindung betrifft, ist, welche Stigmatisierung mit der Inanspruchnahme eines bestimmten Ortes verbunden ist. Natürlich senkt man die Schwelle zur Inanspruchnahme, wenn man den Krisendienst an eine Einrichtung anbindet, die neutral ist und dadurch eher von der Bevölkerung akzeptiert wird.

Wenn man diese Variablen, die die Inanspruchnahme eines Krisendienstes mitbestimmen zusammennimmt, erklärt es sich, daß in vielen Städten die Notfallaufnahmen in Allgemeinkrankenhäusern zu einem beachtlichen Teil aus psychiatrischen

Krisen und Notfällen bestehen. Und das ist eine Erfahrung, von der die Krisen- und Notfallversorgung in Amerika ihren Ausgang genommen hat, so daß zumindest die Empfehlung gegeben werden kann, Krisen- und Notfalldienste dort anzubinden, wo der größte Bedarf ist, also im Allgemeinkrankenhaus.

Frau Harms und Dr. Schnyder (Bern)
In Bern ist die Notfall- und Triagestation in der psychiatrischen Poliklinik plaziert, die sich im gleichen Areal befindet wie das somatische Spital. Es kommt aber auch vor, daß wir auf die Notfallpforte des somatischen Spitals gerufen werden, um dort Notfallgespräche zu führen. Für die Bewohner von Bern ist diese Lage zentral - die Außenbereiche sind da schlechter gestellt. Andererseits ist die Triagefunktion sehr wichtig: Man kann mit den Betroffenen, die sich melden, vereinbaren, wie und wann man sich erneut trifft, und wohin die Leute sich sonst noch wenden können. Das bedeutet also insgesamt eine gute Erreichbarkeit.

Wir sehen vergleichsweise viele schwer gestörte Patienten (über 40% psychotische oder affektive Störungen) und, aufgrund unserer Nähe zum somatischen Spital, viele Patienten nach Suizidversuch.

Prof. Richartz (Maastricht)
Wenn man sowohl mit Menschen in psychosozialen Krisen und mit einem geringeren Psychiatrisierungsrisiko umgehen will als auch mit psychiatrischen Notfällen, braucht man eine Multilokalisation, und man sollte den Leuten, die kein psychiatrisches Risiko aufweisen, nicht zumuten, in eine psychiatrische Klinik zu gehen, die doch in jeder Stadt, zumal in einer Kleinstadt, einen bestimmten Ruf hat.

Die Angstschwelle für den Patienten, dort hinzugehen, ist höher. Deswegen braucht man ein eigenständiges Krisenzentrum. Andererseits hat Notfallpsychiatrie einen somatischen Aspekt, z.B. Intoxikation usw., und gehört von daher in ein Allgemeinkrankenhaus oder ein psychiatrisches Krankenhaus.

Für beide Patientengruppen benötigt man letztendlich einen mobilen Krisenstab, der sich zu den verschiedensten Einrichtungen bewegen kann.

Dr. Schöny (Linz)
Der Krisendienst sollte weder an eine Klinik noch an ein Amt angebunden sein. Wichtig ist, daß in der zweiten Linie Psychiater zur Verfügung stehen, wie das aus Bremen berichtet wird. In Linz hat man mit relativ kurzen Dienstzeiten begonnen und die Verweisung an den Krisendienst-Arzt in der Psychiatrie vorgenommen. Die Hemmschwelle ist aber groß. Die Leute, die sich an das Krisenzentrum wandten, haben immer wieder betont, sie wollten nicht in die Psychiatrie.

In Krisenfällen ist eine ärztliche Intervention oft nicht notwendig. Andererseits ist es eine wichtige Aufgabe im Krisenbereich, den Vorurteilen gegenüber ärztlicher und/oder fachärztlicher Intervention entgegenzuwirken und notfalls auch Klienten darauf vorzubereiten.

Herr Dascher (Berlin-Schöneberg)
Es gibt eine ganze Menge Menschen, die sich umbringen, ohne jemals eine Beratungsstelle aufgesucht zu haben. Das heißt, für sie ist die Schwelle immer noch zu hoch gewesen. Wenn Menschen einen Suizidversuch unternommen haben, werden sie häufig in Allgemeinkrankenhäusern aufgenommen und dort medizinisch versorgt; kaum jemand kümmert sich jedoch um ihre psychische Verfassung oder gar um eine Nachsorge. Um diese Lücke zu füllen, haben wir in Schöneberg die Allgemeinkrankenhäuser angesprochen, und suchen Patienten nach einem Suizidversuch im Krankenhaus auf. In begrenztem Umfang (maximal 10) führen wir auch Nachfolgegespräche durch.

4. Finanzierung

Herr Wienberg (Bielefeld)
Jeder der hier vertretenen Krisendienste hat finanzielle Probleme. Dienste dieser Art können nicht ausschließlich aus Mitteln der Krankenversicherung getragen werden, sondern öffentliche Mittel müssen hinzukommen. Ob von der Stadt oder dem Land, spielt dabei eine große Rolle. Wie die Tabellen zeigen, ist nichts unter 300 000 DM zu haben.

Dr. Schnyder (Bern)
In Bern sieht das folgendermaßen aus: Ein Patient kommt auf die Notfall- und Triagestation und hat ein Notfallgespräch. Die Krankenversicherung trägt nur einen kleinen Teil der Kosten, weil der Aufwand für ein einzelnes Gespräch - schon von der Dauer her - sehr viel höher ist als in der privaten Praxis. Der Rest der Kosten muß vom Kanton abgedeckt werden: das sind etwa 70%!

Dr. Rössler (Mannheim)
Die üblichen Modelle über Krankenschein und Sozialleistungsträger greifen nicht vollständig. Die Defizite werden vom Land, teilweise auch von der Stadt getragen.

Die wichtigste Erfahrung bei der Einrichtung von Krisendiensten ist, daß sie umso leichter zu finanzieren sind, je mehr sie sich an die Strukturen des Sozial- und Gesundheitswesens anlehnen. Möglicherweise sind Alternativen modellhaft zu finanzieren, aber in aller Regel geht das nur über einen begrenzten Zeitraum.

III. Hilfearten und Klientel

Herr Nouvertné (IKP)
Der erste Punkt, der zur Diskussion steht, ist, ob bei der Planung von Diensten nicht die Klientel oder ein ganz bestimmter Bedarf der Klientel im Vordergrund steht, sondern stattdessen eine Struktur festgezimmert wird und diese Struktur sich ihre Klientel sucht und im nachhinein dieses ideologisiert.

Die idealtypische Beschreibung sähe so aus, daß man für bestimmte Menschen Angebote macht und diese dann auch passen. Es gibt flexible Angebote, die sich stärker verändern können - je nach Bedarf. Das ist bei den meisten Diensten nicht der Fall, stattdessen werden die alten Konzepte starr und wenig flexibel beibehalten.

Der zweite Diskussionspunkt ist, ob Krisendienst und Notfallpsychiatrie sich gegenseitig ausschließen oder nicht, darstellbar am Bild des Parallelogramms. Die Beziehung dieser beiden Komplexe führt zu der Frage nach der Art der Hilfen. Außer der medizinischen Hilfe gibt es lebenspraktische Hilfen und therapeutische Hilfen. Es kann aber sein, daß eine Institution ihren Schwerpunkt im Krisendienst auf psychotherapeutische Intervention legt und es kann sein, daß primär lebenspraktische Hilfen gefragt sind. Lebenspraktische Hilfen wären z.B. Vermittlung von Wohnraum, Notschlafstellen etc., sie sind also sehr nahe an lebenspraktischen Bedürfnissen orientiert.

Der dritte Diskussionspunkt ist die Typisierung von Klienten. Diese schließt sich an das an, was im Modellprogramm Psychiatrie an Patienten- bzw. Klientengruppen - unabhängig von DSM- oder ICD-Schlüsseln oder irgendeiner Pathologie mit Krankheitswert - aufgestellt wurde, die in einer bestimmten Hierarchie vorhanden sind. Sie sehen Menschen in Lebenskrisen, Menschen mit schweren psychosozialen Störungen, akut psychisch Kranke, psychisch Kranke mit schweren Störungen, man kann auch sagen: mit hochproduktiver Symptomatik, arbeitslose psychisch Kranke mit bzw. nach langem Klinikaufenthalt, "alte" Langzeitpatienten, Patienten, die relativ lange in der Psychiatrie hospitalisiert waren und nun zurückkehren, also Klienten des Enthospitalisierungsprogramms, und dann die "neuen" Langzeitpatienten. Das ist die im Modellprogramm aus dem angelsächsischen Raum übernommene Definition der Leute, die durch Drehtürpsychiatrie gekennzeichnet sind und immer öfter und immer länger in der Klinik verbleiben, deren Aufenthaltszeiten sich aber insgesamt verkürzen. Dazu kommen noch die chronisch Kranken mit produktiver Symptomatik. Die hier beschriebene Hierarchie ist mit einer bestimmten Wertevorstellung verbunden, über die kontrovers diskutiert werden soll.

Die These des Modellprogrammes war, daß Patienten am unteren Ende der Hierarchie am leichtesten Hilfe kriegen. Je höher sie in dieser Hierarchie nach oben gelangen, desto weniger Hilfe finden sie. Dies trifft nicht nur in Krisenzeiten, sondern auch sonst zu. Das liegt aber nicht daran, daß sich keiner für sie zuständig fühlt, sondern daran, daß sie einen ungeheuer komplexen Hilfeanspruch haben. Sie rufen in integrierter Form psychotherapeutische Kompetenz sowie lebenspraktische und medizinische Hilfen ab. Das widerspricht dem Angebot an psychosozialen Hilfen, wie es in der BRD normalerweise besteht.

Wenn diese Klientel auch von Krisenintervention profitieren soll, muß ein breites Spektrum an Diensten vorhanden sein. Darüber hinaus - und das ist fast ein Widerspruch - muß dieses Angebot auch bei enger personeller Kontinuität erfolgen, d.h. es darf nicht aufgesplittet sein, weil sonst Beziehungsstörungen sich multiplizieren. Es muß praktisch integriert werden. Was Kriseninterventionen angeht, müssen insbesondere lebenspraktische Hilfen intensiv sein, ebenso therapeutische Hilfen. Das bedeutet, daß man Prioritäten setzen muß, indem man bestimmte Krisenkonzepte verfolgt und andere ausschließt. Man müßte heute eine andere Analyse machen, um festzustellen, was sind gut versorgte, was schlecht versorgte Klientele. Wichtig finde ich, daß von den Institutionen an die Personengruppen nicht zu hohe Anforderungen gestellt werden.

Einige Fachleute beschreiben die Notfallpsychiatrie so, daß in ihrem Rahmen nur ganz wenig Prophylaxe betrieben werden könne. Die Klientel käme auch dann nicht, wenn die Schwelle noch so niedrig sei, das gelte besonders für jene, die von akuten Psychosen betroffen sind. Eine solche These läßt sich jedoch heute nicht mehr aufrechterhalten. Wenn Menschen selber nicht um Hilfe nachfragen, so zeigt sich doch (es gibt in jüngster Zeit zahlreiche Untersuchungen), daß zumindest Angehörige um Hilfe für diese Menschen bitten oder diese Menschen im somatischen Bereich auftauchen und dort um Hilfe nachsuchen. Das wichtige inhaltliche Argument ist, daß psychisch Erkrankte langfristig dadurch beeinflußt werden, wie sie zum ersten Mal eine Krise erlebt haben, welche Traumatisierung oder Nichttraumatisierung damit verbunden war. Daraus leitet sich die Forderung ab, möglichst frühzeitige und niedrigschwellige Angebote zu machen. Es wäre eine Verschiebung eines Konzeptes, das aussagt: Weil man sich schwerpunktmäßig nicht mit chronisch psychisch kranken Menschen auseinandersetzen will, schirmt man die Einrichtung ab, so daß sie nicht überlastet wird und setzt bestimmte Zugangsschwellen. Wie sind die Erfahrungen der Dienste, wie ist der Zusammenhang zwischen der Zugangsschwelle und dem Anspruch, möglichst prophylaktisch in Krisen tätig sein zu können, frühzeitig Hilfe leisten zu können und dabei auch gegebenenfalls in Kauf zu nehmen, daß man ein breiteres Spektrum von Krisen erfassen muß?

Prof. Richartz (Maastricht)
Es gibt verschiedene Funktionen, die Krisenberatung zu erfüllen hat, und die darüber hinaus zugewachsenen Funktionsbereiche sind im Verband zu ordnen und mit der nötigen Professionalisierung zu versehen. Dann hat man die Möglichkeit, Kriseninterventionen zu machen, auch für Klienten mit geringem Psychiatrisierungsrisiko, also Notfallpsychiatrie mit Top-Qualität. Hier können dann alle biologischen, sozialen und psychodynamischen Aspekte berücksichtigt werden. Aber auch dieses Modell ist nicht ohne Spannung und Paradoxien.

Ein Beispiel ist das Krisenzentrum in Maastricht. Ursprünglich war es nur beim RIAGG (Gemeindepsychiatrischer Dienst) angesiedelt und stärker orientiert auf Menschen mit psychosozialen Krisen und weniger auf psychotische Menschen. Seitdem die Koordinationsstelle für den Krisendienst aus Finanzierungsgründen in die Psychiatrische Uniklinik gelegt wurde, stattete man das RIAGG-Haus in der Stadt mit Betten aus. Kritiker sprechen von einem kleinen Krankenhaus. Und in der Tat, etwa die Hälfte aller Patienten werden mit Betten in dem Stadthaus versorgt, obwohl die Bettenanzahl der psychiatrischen Klinik weiter von 300 auf 400 Betten gewachsen ist. In dem Stadthaus kann der Patient nur eine Woche bleiben, es gibt damit eine Alternative zur stationären Behandlung, diese führt aber auch zu höherem Bettenwachstum.

Wesentlich ist, daß alle Bedürfnisse abgedeckt werden und was dringlich ist Priorität hat.

Herr Nouvertné (IKP)
Eine Ergänzung zu Herrn Richartz: Wir haben ja immer gesagt, eine Region kommt nicht umhin, zu schauen, wo die Unversorgten sind, also die, die am sträflichsten vernachlässigt werden. Es hat sehr viel mit Moral zu tun, wenn man in einer Gesellschaft lebt, die normalerweise dem Schwächsten die mangelhafteste Hilfe zukommen läßt. Auch das Gesundheitswesen symbolisiert dies jeden Tag, dem kann man nur durch seine eigene Ethik und Planung in der Psychiatrie gegensteuern. Das Schwierigste sind nicht mehr die alten oder neuen Langzeitpatienten, heute gibt es die Situation - besonders in den Großstädten - daß Leute auf der Straße sind und dort sterben, nicht freiwillig sterben, sondern sterben, weil sie aufgrund von psychischen Krisen nicht in der Lage sind, vorhandene Hilfen abzurufen. Dies trifft zumindest in den Großstädten zu und passiert, während Krisenintervention gemacht wird. Auch in der berühmten Schweiz ist man davon nicht fern, und wahrscheinlich werden sie es auch in Österreich mit ähnlichen Entwicklungen zu tun haben. Da ist eine Verschiebung und da ist eine Klientel, die anderes benötigt, als das, was bisher angeboten wird. Das macht mich in gesellschaftlichen Krisenzeiten besonders skeptisch.

Die zweite Ergänzung ist, daß gerade die chronisch psychisch Erkrankten auch durch die Zentrierung des Hilfesystems chronifizieren. Einzelne Faktoren scheinen zu sein, daß kein niedrigschwelliges, kompetentes Angebot beim ersten Mal, also sozusagen bei der ersten Dekompensation vorhanden ist.

Dr. Rössler (Mannheim)
Der Gegensatz zwischen Notfallpsychiatrie und Krisenintervention muß nicht sein. Dazu ein praktisches Beispiel: Ein Patient kommt mit einer Pistole in der Hand in den Krisendienst nach einem heftigen Streit mit seiner Freundin, die sich bedroht gefühlt hat.

Er sagt, er würde sich jetzt selbst umbringen. Im Verlauf des Gesprächs stellt sich dann heraus, daß der Patient spielsüchtig ist, 80 000 DM Schulden hat, arbeitslos geworden ist und inzwischen nicht mehr weiß, was er tun soll.

Der notfallpsychiatrische Aspekt ist ganz dringend abzuklären: Ist der Patient eigen- oder fremdgefährdet? Dies erfordert eine unmittelbare und schnelle Entscheidung. Kann man ihn nach Hause gehen lassen bzw. was bietet man ihm an? Kommt ein Psychiater hinzu, kann man eine Entzugs- oder Suchtbehandlung gemeinsam überlegen? Im weiteren Verlauf würde ein Sozialarbeiter versuchen, seinen Schuldendienst zu regulieren. D.h. hier steht nicht Notfallpsychiatrie im Kontrast zu Krisenintervention, sondern die Krisenbewältigung läuft auf einer Zeitschiene ab. Es ist dabei aber auch zu beachten, daß eine Reihe von Inanspruchnehmern psychiatrischer Krisen- und Notfalldienste kontinuierliche Versorgungsangebote nicht wünschen, die über das unmittelbare Angebot eines Krisendienstes hinausgehen.

Das Problem besteht allerdings nicht nur darin, wer die "leichten Fälle" und wer die Schwerkranken behandelt. Das Problem von Krisendiensten liegt eher darin, daß die präventiven Methoden der Krisenarbeit ziemlich versagt haben. Selbst bei gut funktionierenden Krisendiensten versagt z.B. die Suizidprävention - die Suizidzahlen steigen.

Dr. Genin (Bielefeld)
Das ist auch in Bielefeld ein Problem. Hier wurde bereits von einem Spagat und von der Quadratur des Kreises gesprochen. Man will breite Patienten- und Klientengruppen erreichen, verfügt aber über eine Reihe von Mitarbeitern mit spezialisierter Kompetenz. Dadurch kommt es zu Selbstregulierungen, die den ursprünglichen Absichten widersprechen: So ist in Bielefeld eine beträchtliche Distanz gegenüber suchtkranken Hilfesuchenden zu beobachten. Der Krisendienst-Mitarbeiter schützt sich (wie jeder von uns es auch gerne tut) gewissermaßen selbst gegen die Breite der Problematik und reduziert so die Patienten- und Klientengruppen nach Kriterien, die

eher dem Selbstschutz als dem ursprünglichen Krisenkonzept folgen. Eine weitere problematische Form der Selbstregulierung besteht in der steigenden Zahl von PsychKG-Einweisungen. Finden sie aus Ratlosigkeit, aus Unsicherheit, aus Absicherungswünschen statt? Und schließlich: Der häufige Wechsel der Mitarbeiter und ihre unterschiedliche Kompetenz führen zu einem ständigen Bruch der personellen und konzeptionellen Kontinuität. Dieser Umstand gibt zu denken, weil bekanntlich Diskontinuitäten dieser Art zur Chronifizierung von Krankheiten und Störungen beitragen können. Daher muß das Management des Krisendienstes um die weitgehend unbemerkt stattfindenden Tendenzen der Selbstregulierung wissen und rechtzeitig gegensteuern, wenn sich unerwünschte Entwicklungen zu erkennen geben.

Herr Wienberg (Bielefeld)
Die Steigerung der PsychKG-Einweisungsrate in Bielefeld stimmt absolut, aber nicht für die Zeit, in der der Krisendienst tätig ist (also nachts und am Wochenende), tagsüber ist sie gestiegen, da kommen die Einweisungen. Es gibt möglicherweise eine Dynamik, die mit dem Krisendienst zusammenhängt und die zu einer Wechselwirkung zwischen Krisendienst bzw. Notfallpsychiatrie einerseits und der Arbeit im Tagdienst andererseits führt, nach dem Motto: Krisenintervention ist nachts und am Wochenende besser als tagsüber.

Dr. Schnyder (Bern)
Im praktischen Ablauf ist es häufig so, daß sich eine Krisenintervention an eine Notfallintervention anschließt. Dennoch heißt es, diese Begriffe nicht zu vermengen.

Krisen können nicht nur psychisch oder sozial ausgelöst werden, sondern auch somatisch; man sollte deshalb von bio-psycho-sozialen Krisen sprechen.

Notfälle sind von der Dynamik her sehr viel schneller und erfordern vom Therapeuten eine sehr viel aktivere und direktere Intervention als Krisenintervention, die dem Patienten eine möglichst große Autonomie beläßt.

Herr Kebbel (Bremen)
In Bremen beschränken wir uns. Man kann nicht der ganzen Welt helfen. Der Hilfebedarf ist wahrscheinlich unendlich. Wenn man epidemiologische Studien liest, ist man erschüttert, wie viele Menschen möglicherweise psychisch krank sind. Besonders verletzlich und krisenanfällig sind aber Menschen aus den Gruppen der Psychosekranken, der Sucht- und Drogenkranken, der gerontopsychiatrisch Kranken und der Suizidgefährdeten. Insbesondere diese sind von Krisen und Notfällen immer wieder bedroht. Für diese muß eine Krisen- und Notfallhilfe mehrere Funktionen erfüllen -z.B. Telefonseelsorge: Weil sie vereinsamt sind, sind Schlafprobleme, das Alleinsein oder Lebensängste schwierig zu bewältigen. Manchmal werden Fra-

gen zur Medikation gestellt. Eine zweite Funktion ist die Bewältigung psychosozialer Krisen: Einem Suchtkranken ist die Ehefrau weggelaufen. Bewohner/innen des Betreuten Wohnens geraten in einen Streit miteinander. Einem Psychotiker droht der beschützende Arbeitsplatz verlustig zu gehen. Solche Probleme lassen sich eventuell noch telefonisch oder über ein persönlich geführtes Gespräch klären. Eine persönliche Intervention ist aber immer dann erforderlich, wenn es um die Bewältigung akuter Krankheitszustände mit oder ohne Eigen- und/oder Fremdgefährdung geht.

Schließlich ist die Beratung Angehöriger in einem Krisendienst, der sich auf die Kernklientel der Psychiatrie beschränkt, eine wichtige Aufgabe.

Dr. Schöny (Linz)
Die Krisendienste können tatsächlich nicht alles abdecken, was mit akuter psychischer Krise zu tun hat. Letztendlich sind sie psychosoziale Einrichtungen und daher für psychosoziale Erkrankungen zuständig und für die anderen akuten und krisenhaften Störungen gibt es spezielle Hilfspotentiale. Darauf sollte man auch immer wieder hinweisen und sich nicht mißbrauchen lassen z.B. für Psychotherapie, nur weil sie in den Krisendiensten einfach und kompetent zu erhalten ist. Es dürfen nicht leichtfertig Angebote gemacht werden, anstatt zu verweisen. Dieses Selbstverständnis deckt sich übrigens mit der Form der Finanzierung durch Krankenkassen, Bund und Länder. Es gibt eine gewisse Grundversorgung für psychisch Kranke, die der Krisenhilfe nicht bedürfen, und so sollte es auch bleiben.

Herr Peek (Bielefeld)
In Bielefeld ist der Krisendienst selbst in eine Krise geraten. Er ist mit dem Idealismus angetreten, ein Stück Versorgung zu übernehmen. Diese Hoffnung ist inzwischen gescheitert. Die Krisen der Nacht werden nur verwaltet ohne Möglichkeiten, sie einer sinnvolleren Weiterarbeit zuzuführen und der Grund dafür ist, daß die anderen Einrichtungen die Krisenpatienten nicht abnehmen. Das führt dazu, daß Krisenpatienten, die anrufen, zu Dauerpatienten werden, und es immer schwerer wird, für sie eine Versorgungsform zu finden.

Die Krise des Dienstes ist auch dadurch entstanden, daß sinnvolle Forderungen über Jahre aus unterschiedlichen Gründen (letztlich sind es wohl finanzielle Gründe) nicht umgesetzt wurden. Dadurch entsteht der Frust bei den Mitarbeitern und das Gefühl, nicht weitermachen zu wollen. Gebraucht werden neue Phantasien, neue Vorstellungen, wie sich der Dienst weiterentwickeln soll.

Frau Frei, Dr. Genin, Herr Wienberg (Bielefeld)
Auf die Frage, warum die Kooperation mit anderen Diensten in Bielefeld so schlecht funktioniert, lassen sich folgende Antworten geben:

Der Krisendienst kann keine Kontinuität gewährleisten, weil verschiedene Mitarbeiter in ständigem Wechsel tätig sind. Die Weitergabe der Information erfolgt nur sehr unzulänglich am anderen Morgen um 8 Uhr, das ist eine Frage der Zeit, die zur Verfügung steht und letzten Endes liegt das am engen Budget. Es werden einfach mehr Mitarbeiter gebraucht. Auch haben die übernehmenden Einrichtungen ihre eigene Arbeitsweise, die häufig nicht auf die Krisendienst-Klientel eingestellt ist, so machen z.B. Suchtberatungsstellen keine Hausbesuche. Der Krisendienst kann nicht besser sein als das Gesamtversorgungssystem. Wenn das Gesamtversorgungssystem die Prinzipien der Pflichtversorgung und der Versorgungsverpflichtung gegenüber chronisch Kranken nicht folgen kann, aus welchen Gründen auch immer, dann kann der Krisendienst Kontinuität fordern soviel er will; es wird ihm nicht gelingen, diese herzustellen.

Herr Kebbel (Bremen)
In Bielefeld scheinen die Mitarbeiter/innen einem "burn-out" zu unterliegen. Sie werden immer wieder mit denselben Schwierigkeiten und Personen konfrontiert. Um gute Arbeit leisten zu können, müssen die Mitarbeiter/innen vom Dienstherrn auch fürsorglich behandelt werden; die personelle und räumliche Ausstattung, Vergütung und Fortbildungsmöglichkeiten müssen stimmen. Die Arbeit ist anstrengend. Auch in Bremen sind wir mit unserer Situation nicht zufrieden.
Das andere Problem ist die Weiterbehandlung der Klienten/innen. Auch dies ist in Bremen nicht befriedigend gelöst. Nach der eigentlichen Dienstzeit von 15 bis 24 Stunden im Notdienst braucht man weitere 2 Stunden, um Gespräche mit Kollegen/innen aufarbeiten und Kontakte zu weiterbetreuenden/-behandelnden knüpfen zu können.
Schließlich erwähnte Herr Nouvertné die Probleme Angehöriger. Sie ertragen Krisen von Familienmitgliedern oft unendlich lange und haben oft große Schwierigkeiten, das was sie erleben, mitzuteilen. Sie ernst zu nehmen, ist eine noch anstehende Aufgabe.

Dr. Rössler (Mannheim)
Zwei heilige Kühe der psychiatrischen Versorgung müssen geschlachtet werden. Erstens die Vorstellung, daß beim Aufbau der außerstationären Versorgung die Zahl der stationären Aufnahmen zurückgeht. Nahezu überall ist das Gegenteil der Fall. Es gibt eine Reihe von Erklärungen dafür: Eine, die relativ plausibel ist besagt, daß dort, wo professionelle Hilfen geboten werden, es auch professionelle Reaktionen gibt. Eine professionelle Reaktion ist aber nunmal die stationäre Einweisung.

Die andere heilige Kuh der Psychiatrie ist die Kontinuität in der Versorgung. Seit Beginn der Versorgungsreformen fordert jeder, daß die Kontinuität der Versorgung gesichert werden müsse und nirgendwo wird sie gesichert. Tatsächlich ist es so, daß in allen industrialisierten Ländern, die sich mit diesem Problem auseinandersetzen, eine ganz gegenteilige Entwicklung eintritt, daß nämlich die Sozial- und Gesundheitssysteme sich immer weiter fragmentieren. Das hat in den USA und England dazu geführt, daß man eine neue Berufsgruppe eingeführt hat, nämlich die sogenannten Case-Manager, die nichts anderes versuchen, als die Versorgung zu koordinieren. Auch hier wurde die Hoffnung daran geknüpft, daß Case-Manager stationäre Aufnahme verhindern könnten. Das ist aber nicht der Fall. Der Aufbau der Gesundheitssysteme einschließlich der Krisen- und Notfalldiensten bringt neue strukturelle Probleme mit sich. Wer diese nicht sieht, und eigentlich immer nur die Hoffnung hegt, mit der Einführung einzelner neuer Versorgungseinrichtungen seien alle Probleme gelöst, der täuscht sich. Es entstehen immer auch neue Probleme.

Die sehr weitgesteckten Hoffnungen der 70er Jahre sind inzwischen aufgegeben worden.

Prof. Richartz (Maastricht)
Psychoseprävention heißt nicht Prävention im primären Sinne, sondern es geht um die Frage, was mit einem Menschen geschieht, der verletzlich ist und Manifestationen einer Psychose zeigt. Von großer Bedeutung ist die "Empfangssituation" im Krisendienst. Wichtig ist, wie mit dem Betroffenen umgegangen wird, wie der Verlauf moderiert und modelliert wird. Die Integrationsstelle für die Aufnahme der Klienten muß daher optimiert werden, der Krisendienst kann aber kein Präventionsinstrument im engeren Sinne sein.

Literatur

AG Krisendienst Bielefeld (1990). *Konzept des Bielefelder Krisendienstes.* Bielefeld: Gesundheitsamt.

AG Krisendienst Bielefeld (1992). *5. Tätigkeitsbericht vom 01.01.91 - 31.12.91.* Bielefeld: Gesundheitsamt.

Beck, U. & Bonß, W. (1989) *Weder Sozialtechnologie noch Aufklärung?* Frankfurt/Main: Suhrkamp.

Biener, K. (1984). *Selbstmorde bei Kindern und Jugendlichen.* Zürich: Pro Juventute.

Biener, K. & Bücker, H. (1973). Selbstmordprobleme im Urteil von Jugendlichen und Erziehern. *Nervenarzt, 44,* 75-79.

Bühler, K. (1978). *Sprachtheorie - Die Darstellungsfunktion der Sprache.* Frankfurt/Main: Ullstein.

Caplan, G. (1964). *Principles of preventive psychiatry.* New York: Basic Books.

Colla-Müller, H. E. (1984). Suizidales Verhalten bei Kindern und Jugendlichen. In V. Faust & M. Wolfersdorf (Hrsg.), *Suizidgefahr: Häufigkeit, Ursachen, Motive, Prävention und Therapie* (S. 14-25). Stuttgart: Hippokrates.

Dörner, K. (1992). Suizid - Schnittpunkt des Rechts zu leben und des Rechts zu sterben. In T. Giernalczyk & E. Frick (Hrsg.), *Suizidalität. Deutungsmuster und Praxisansätze* (S. 1-11). Regensburg: Roderer.

Donker, M. C. H. (1983) Krisenintervention in den Niederlanden. In S. Fliegel, B. Roehrle & W. Stark (Hrsg.), *Klinische Psychologie und Psychotherapie: Gemeindepsychologische Perspektiven Bd.2: Interventionsprinzipien* (S. 63-72). Tübingen: DGVT.

Dorrmann, W. (1991). *Suizid: Therapeutische Interventionen bei Selbsttötungsabsichten.* München: Pfeiffer.

Eggers, C. (1984). Zur Suizidalität von Kindern und Jugendlichen. In V. Faust & M. Wolfersdorf (Hrsg.), *Suizidgefahr: Häufigkeit, Ursachen, Motive, Prävention und Therapie* (S. 9-14). Stuttgart: Hippokrates.

Fallon, L. R. H., Boyd, J. L. & McGill, C. W. (1984). *Family care of schizophrenia.* New. York: Guilford Press.

Freyberger, H. J., Schröder, G. & Schneider, W. (1990). Phänomenologische und psychodynamische Aspekte artifizieller Störungen. *Psycho, 2,* 73-80.

Gappmeyer, A. (1987). *Adoleszenz und Selbsttötung.* Regensburg: Roderer.

Giernalczyk, T. (1992). *Therapie ohne Ende. Die mehrfache Nutzung von Psychotherapie.* Freiburg: Lambertus.

Giernalczyk, T. (1993). Therapeutenkiller und Psychoswinger. Probleme mit therapieerfahrenen Klienten in der Krisenintervention. In T. Giernalczyk & E. Frick (Hrsg.), *Suizidalität. Deutungsmuster und Praxisansätze* (S. 94-103). Regensburg: Roderer.

Glaser, B. G. & Strauss, A. L. (1967). *The discovery of grounded theory: Strategies for qualitative research.* New York: De Gruyter.

Häfner, H. & Helmchen, H. (1978). Psychiatrischer Notfall und psychiatrische Krise. *Nervenarzt, 49,* 82-87.

Henseler, H. (1984). *Narzißtische Krisen: Zur Psychodynamik des Selbstmordes.* Opladen: Westdeutscher Verlag.

Henseler, H. & Reimer, C. (1981). *Selbstmordgefährdung: Zur Psychodynamik und Psychotherapie*. Stuttgart: Frommann-Holzboog.

Hirsch, M. (Hrsg.) (1989). *Der eigene Körper als Objekt*. Berlin: Springer.

Hülsmeier, H. & Ciompi, L. (1984). Stationäre sozialpsychiatrische Krisenintervention am Beispiel der Kriseninterventionsstation der sozialpsychiatrischen Universitätsklinik Bern. *Psychiat. Prax.*, *11*, 67-73.

Jochmus, J. & Förster, E. (Hrsg.) (1983). *Suizid bei Kindern und Jugendlichen*. Stuttgart: Enke.

Katschnig, H. & Konieczna, T. (1986). Notfallpsychiatrie und Krisenintervention. In *Psychiatrie der Gegenwart*. Band 2, 3.Aufl. Berlin: Springer.

Kind, J. (1992). *Suizidal. Psychoökonomie einer Suche*. Göttingen: Vandenhoeck & Ruprecht.

Leuzinger-Bohleber, M. (Hrsg.) (1985). *Psychoanalytische Kurzzeittherapien. Zur Psychoanalyse in Institutionen*. Opladen. Westdeutscher Verlag.

MacLean, G. (ed.) (1990). *Suicide in children and adolescents*. Toronto: Hogrefe and Huber.

Mertens, W. (1990). *Einführung in die psychoanalytische Therapie*, Bd. 1. Stuttgart: Kohlhammer.

Misek-Schneider, K. & Schneider, W. (1990). Probleme der Indikationsstellung zur Psychotherapie bei Kindern und Jugendlichen. In W. Schneider (Hrsg.), *Indikationen zur Psychotherapie*. Weinheim: Beltz.

Nissen, G. (1980). Suicidversuche und Suicide. In: Harbauer, H./Lempp, R./Nissen, G. u. P. Strunk: Lehrbuch der speziellen Kinder- und Jugendpsychiatrie (S. 230-237). 4. Aufl. Berlin, Heidelberg u. New York: Springer.

Orbach, I. (1990). *Kinder, die nicht leben wollen*. Göttingen: Vandenhoeck und Ruprecht.

Otto, U. (1972). Suicidal attempts in childhood and adolescents - Today and after ten years. In A. Annell (ed.), *Depressive states in childhood and adolescents*. Stockholm: Almquist and Wiksell.

Pöldinger, W. (1968). *Die Abschätzung der Suizidalität*. Bern: Huber.

Reimer, C. (1986). Risiken im Umgang mit suizidalen Krisen-Patienten. *Prax. Psychother. Psychosom.*, *31*, 320-331.

Reimer, C. (1990). Probleme der Indikationsstellung zur Psychotherapie bei Patienten mit Suizidversuch. In W. Schneider (Hrsg.), *Indikationen zur Psychotherapie*. Weinheim: Beltz.

Rhode-Dachser, C. (1988). Widerstand, Fehlindikation, Beziehungsfalle. In D. Kleiber & A. Kuhr (Hrsg.), *Handlungsfehler und Mißerfolge in der Psychotherapie: Beiträge zur psychosozialen Praxis* (S. 61-72). Tübingen: DGVT.

Ringel, E. (1965). Über Selbstmordversuche von Jugendlichen. In Zwingemann, C. (Hrsg.), *Selbstvernichtung* (S. 165-177). Frankfurt/Main: Akademische Verlagsgesellschaft.

Sandler, J., Dare, C. & Holder, A. (1979). *Die Grundbegriffe der psychoanalytischen Therapie*. Stuttgart: Klett-Cotta.

Schürmann, I. (1992). *Psychosoziale Hilfe in Notfällen und bei Alltagssorgen: Handlungskonzepte in der ambulanten Krisenintervention*. Wiesbaden: Deutsche Universitäts-Verlag.

Schwemmer, O. (1987). *Handlung und Struktur. Zur Wissenschaftstheorie der Kulturwissenschaften*. Frankfurt/Main: Suhrkamp.

Specht, F. & Schmidtke, A. (1986). *Selbstmordhandlungen bei Kindern und Jugendlichen*. Regensburg: Roderer.

Stock, J. (1972). Suizidverhalten und depressive Zustände bei Adoleszenten. In A. Annell (ed.), *Depressive states in childhood and adolescents*. Stockholm: Almquist and Wiksell.

Strauss, A. L. (1991). *Grundlagen qualitativer Sozialforschung. Datenanalyse und Theoriebildung in der empirischen soziologischen Forschung*. München: Wilhelm Fink.

Thommen, B., Ammann, R., Cranach, M. v. (1988). *Handlungsorganisation durch soziale Repräsentationen. Welchen Einfluß haben therapeutische Schulen auf das Handeln ihrer Mitglieder?* Bern: Huber.

Vogel, B. (1992). Gemeinsam gefangen - Über typische Fallen in der Interaktion mit Suizidgefährdeten. In T. Giernalczyk & E. Frick (Hrsg.), *Suizidalität. Deutungsmuster und Praxisansätze* (S. 168-179). Regensburg: Roderer.

Wienberg, G. (Hrsg.) (1993). *Bevor es zu spät ist ...: Außerstationäre Krisenintervention und Notfallpsychiatrie -Standards und Modelle*. Bonn: Psychiatrie-Verlag.

Wolf, M. (1985). Suizidalität bei Jugendlichen und familiendynamischer Prozess. *Schweiz. Arch. Neurol. Psychiat., 136*, 73-88.

Liste der AutorInnen und GesprächsteilnehmerInnen

Dr. Manfred Beck
Universität Bielefeld, Fakultät für Psychologie und Sportwissenschaft, Abteilung Psychologie, Postfach 10 01 31, 33501 Bielefeld

Thomas Buthenhoff
Krisenambulanz Wedding, Malplaquetstr. 32, 13347 Berlin

Georg Dascher
Nächtlicher Krisen- und Beratungsdienst, Apostel-Paulus-Str. 35, 10823 Berlin

Margarete Frei
Gesundheitsamt der Stadt Bielefeld, Postfach 10 01 11, 33501 Bielefeld

Dr. Gerhard Genin
Gesundheitsamt der Stadt Bielefeld, Postfach 10 01 11, 33501 Bielefeld

Thomas Giernalczyk
Die Arche. Selbstmordverhütung und Hilfe in Lebenskrisen e.V., Viktoriastr. 9/I, 80803 München

Vera Harms
Psychiatrische Universitätsklinik Bern, Murtenstr. 22, CH-3010 Bern

Martina Hoffmann-Badache
Psychosozialer Trägerverein, Eichenstr. 105-109, 42659 Solingen

Johannes Kebbel
Hauptgesundheitsamt, Horner Str. 60-70, 28203 Bremen

Barbara Meyer
Dürerstr. 21, 33615 Bielefeld

Prof. Dr. Karla Mišek-Schneider
Fachhochschule Köln, Fachbereich Sozialpädagogik, Mainzer Str. 5, 50678 Köln

Dieter Peek
Arbeiterwohlfahrt, Marktstr. 23, 33602 Bielefeld

Dr. Jörg Richter
Telefon des Vertrauens, Mollstr. 13, 10178 Berlin

Klaus Nouvertné
Institut für Kommunale Psychiatrie, Weyerstr. 243, 42719 Solingen

Prof. Dr. Mark Richartz
Psycho-Medizinisches-Regionalzentrum Vijverdal, Vijverdalse Vej 1, NL-6200 AB Maastricht

Priv.-Doz. Dr. W. Rössler
Zentralinstitut für Seelische Gesundheit, Postfach 12 21 20, 68072 Mannheim

Dr. Ueli Schnyder
Psychiatrische Universitätsklinik Bern, Murtenstr. 22, CH-3010 Bern

Univ.-Doz. Dr. Werner Schöny
Oberösterreichische Landesnervenklinik Wagner-Jauregg,
Wagner-Jauregg-Weg 15, A-4020 Linz

Dr. Ingeborg Schürmann
Freie Universität Berlin, Psychologisches Institut WE 3, Uferstr. 14,
13357 Berlin

Günther Wienberg
Ausbildungsstätten der von Bodelschwingh'schen Anstalten Bethel,
An der Rehwiese 57-63, 33617 Bielefeld

Tübinger Reihe
im DGVT-Verlag

Tübinger Reihe 7: M. Beck und G. Mannhaupt (Hrsg.)
Prävention und Intervention bei Schulschwierigkeiten. Neue Ansätze für die Arbeit in der Schule
Dieses Buch befaßt sich mit neuen Interventionsformen bei Lernstörungen und Verhaltensschwierigkeiten in der Schule. Neuartig ist dabei der Versuch, bereits das Auftreten solcher Auffälligkeiten durch Prävention und Prophylaxe zu verhindern.
1986, 72 Seiten, kt., DM 13,80 ❖ ISBN 3-922686-77-X

Tübinger Reihe 8: Dieter Kleiber und Armin Kuhr (Hrsg.)
Handlungsfehler und Mißerfolge in der psychosozialen Praxis
Die Beschäftigung mit den Schattenseiten der psychotherapeutischen und psychosozialen Arbeit, mit Mißerfolgen und Handlungsfehlern war längst überfällig. Das Buch beleuchtet sie aus gemeindepsychologischer, psychoanalytischer, gesprächspsychotherapeutischer, verhaltenstherapeutischer und integrativer Sicht.
1988, 104 Seiten, kt., DM 15,80 ❖ ISBN 3-922686-86-9

Tübinger Reihe 9: Volkmar Sigusch und Steffen Fliegel (Hrsg.)
AIDS
Ein Überblick aus sozialwissenschaftlicher Sicht. Er zeigt auf, wie betroffene und nichtbetroffene Menschen auf die Herausforderung durch Aids reagieren und welche psychischen und politischen Auswirkungen zu beobachten sind.
1988, 96 Seiten, kt., DM 15,80 ❖ ISBN 3-922686-88-5

Tübinger Reihe 10: Manfred Beck (Hrsg.)
Schriftspracherwerb – Lese- und Rechtschreibschwäche. Vom (manchmal dornigen) Weg zu einer Kulturtechnik
In diesem Buch wird für eine breite Leserschaft der aktuelle Forschungsstand zum Schriftspracherwerb sowie dessen Konsequenzen für die Erstlese-/Schreibdidaktik dargestellt und diskutiert.
1989, 150 Seiten, kt., DM 18,80 ❖ ISBN 3-922686-93-1

Tübinger Reihe 11: Gabriele Elke und Andreas Schubert (Hrsg.)
Psychosoziale Praxis und Arbeitswelt
Wie eine Kooperation zwischen psychosozialer Praxis und Arbeitswelt, nicht nur auf dem Wissenschaftssektor, sondern vor allem auch in der Praxis angemessen und fruchtbar realisiert werden kann, wird hier anschaulich belegt.
1991, 183 Seiten, kt., DM 24,80 ❖ ISBN 3-87159-211-0

Tübinger Reihe 12: DGVT-Arbeitsgemeinschaft „Frauen in der psychosozialen Versorgung" (Hrsg.)
Sexuelle Übergriffe in der Therapie. Kunstfehler oder Kavaliersdelikt?
Sexuelle Übergriffe in der Therapie werden in zunehmendem Maße zu einem öffentlichen Thema. Der Band versammelt hierzu Stellungnahmen, Vorträge und Diskussionen. Im Anhang finden sie Adressen von Anlauf- und Kontaktstellen.
1991, 131 Seiten, kt., DM 19,80 ❖ ISBN 3-87159-212-9

Tübinger Reihe 13: Anna Auckenthaler und Dieter Kleiber (Hrsg.)
Supervision in Handlungsfeldern der psychosozialen Versorgung
Der vorliegende Band hat das Ziel, die Arbeit von SupervisorInnen in verschiedenen Handlungsfeldern der psychosozialen Praxis transparenter zu machen. Zentrale Probleme der Supervision und der Supervisionsforschung werden aufgezeigt.
1992, 136 Seiten, kt., DM 19,80 ❖ ISBN 3-87159-213-7